Il contesto

79

DELLO STESSO AUTORE

nella collana «La memoria»

Italia-Brasile 3 a 2
maggio '43

Davide Enia

Appunti per un naufragio

Sellerio editore

Questo volume è stato stampato su carta Palatina prodotta dalle Cartiere di Fabriano con materie prime provenienti da gestione forestale sostenibile.

Enia, Davide <1974>

Appunti per un naufragio / Davide Enia. - Palermo : Sellerio, 2017.
(Il contesto ; 79)
EAN 978-88-389-3657-9
853.92 CDD-23 SBN Pal0297799

CIP - *Biblioteca centrale della Regione siciliana «Alberto Bombace»*

Appunti per un naufragio

A Silvia, mio approdo

A Lampedusa, un pescatore mi aveva detto: «Sai che pesce è tornato? Le spigole».

Poi si era addumàto una sigaretta e se l'era svampata tutta in silenzio.

«E sai perché le spigole sono tornate in mare? Sai di cosa si nutrono? Ecco».

Aveva spento la sigaretta e se ne era andato.

Non c'era niente, davvero, da aggiungere.

Di Lampedusa mi erano rimaste impresse le mani piene di calli dei pescatori, i racconti dei cadaveri sistematicamente trovati tirando su le reti – «Come "sempre"?», «"Sempre" 'u sai chi bole dìri? Sempre» –, qualche barcone arrugginito al sole, forse oggi l'unica forma di testimonianza onesta – corrosione, polvere, ruggine – su ciò che sta accadendo in questo periodo storico, i dubbi sul senso del tutto negli isolani, la parola «sbarco» da anni usata a sproposito, ché ormai erano tutti recuperi veri e propri, con il barcone scortato nel porto e i poveri cristi condotti nel Centro di Permanenza Temporaneo e i lampedusani che li vestivano con i propri abiti, in un rilancio di misericordia che non voleva né riflettori né pubblicità, perché c'era freddo e quelli erano corpi da scaldare.

* * *

La bruma distorceva il campo visivo.

La linea dell'orizzonte tremava.

Constatavo per l'ennesima volta quanto di Lampedusa mi stupisse la capacità di destabilizzare i propri ospiti, creando in essi un fortissimo senso di straniamento. Il cielo così vicino da crollare quasi addosso. La voce onnipresente del vento. La luce che colpisce da ogni dove. E davanti agli occhi, sempre, il mare, eterna corona di gioia e spine che ogni cosa circonda. È un'isola in cui gli elementi ti piombano addosso senza che nulla glielo impedisca. Non esistono ripari. Si è trafitti dall'ambiente, attraversati dalla luce e dal vento. Nessuna difesa è possibile.

Era stata una giornata lunghissima.

Sentii la voce di mio padre chiamarmi, mentre lo scirocco mi scompigliava i pensieri.

* * *

Avevo incontrato il sommozzatore a casa di un amico.

Eravamo soltanto noi due.

La prima, persistente sensazione era stata questa: era enorme.

Aveva esordito dicendo: «Nessuna registrazione».

Si era andato a sedere dall'altra parte del tavolo e aveva incrociato le braccia.

Le tenne conserte per tutto il tempo.

«Io del tre ottobre non parlo», aggiunse, chiudendo la frase con una secchezza che non ammetteva repliche.

Il tono di voce fu costantemente basso e misurato, in pieno contrasto con quella stazza imponente. Talvolta, nelle sue frasi, pronunciate con i suoni delle sue terre – era nato sulle montagne del profondissimo Nord italiano, laddove il mare è più astrazione che altro – affioravano parole del mio dialetto, il siciliano. I dieci anni trascorsi in Sicilia per lavoro avevano lasciato traccia di sé. Per un istante, i suoni del Sud si impossessavano di quel corpo gigantesco, dominandolo. Poi la battuta si esauriva e ritornava a fissarmi, in tutta la sua maestosità da montagna del Nord.

Era diventato sommozzatore quasi per caso, una possibilità di lavoro colta al volo subito dopo il servizio militare.

«Noi sommozzatori siamo abituati alla morte, fin da subito ce la presentano come un dato di fatto. Ce lo ripetono dal primo giorno di addestramento: in mare si muore. Ed è vero. Basta un solo errore quando si è in immersione e si muore. Un calcolo sbagliato e si muore. Basta pretendere troppo da sé e si muore. Sott'acqua, la morte ci è compagna, sempre».

A Lampedusa era stato chiamato come *rescue swimmer*, uno degli uomini che sulle motovedette calzano mute arancioni e si tuffano durante le operazioni di soccorso.

Spiegò quanto fosse stato duro il corso da sommozzatore, soffermandosi sulla misteriosa bellezza delle immersioni, quando il mare è così profondo che la luce del sole non filtra più e tutto è scuro e silenzioso. Da quando si trovava sull'isola, si sottoponeva ad allenamenti speciali per svolgere al meglio il nuovo incarico.

Disse: «Io non sono di sinistra, anzi, tutt'altro, proprio l'opposto».

La sua famiglia, prima monarchica, era diventata fascista. Anche lui si sentiva vicino a quelle idee.

Aggiunse: «Qui salviamo vite. In mare ogni vita è sacra. Se qualcuno ha bisogno di aiuto, noi lo salviamo. Non ci sono colori, etnie, religioni. È la legge del mare».

Poi mi fissò di colpo.

Era enorme anche da seduto.

«E quando salvi un bambino in mare aperto e lo tieni in braccio...».

E scoppiò a piangere, in silenzio.

Le braccia rimasero conserte.

Mi domandai cosa mai doveva avere visto, cosa aveva vissuto, quanta morte aveva affrontato il gigante che avevo di fronte.

Dopo un abbondante minuto di silenzio, nella stanza tornarono le parole. Disse che queste persone non dovrebbero proprio partire e che in Italia l'accoglienza funziona male, con sprechi e gestioni dissennate. Poi ribadì ancora una volta il concetto: «In mare non esiste neanche il considerare una alternativa, ogni vita è sacra e si aiuta chi ha bisogno, stop». Questa frase era più di un mantra. Era un vero e proprio atto di devozione.

Le sue parole venivano snocciolate con lentezza, come fossero passi su uno scosceso pendio di montagna.

«Il pericolo maggiore si ha quando gli scafi sono molto vicini. Bisogna stare attenti a non trovarsi nel mezzo, perché, se c'è mare agitato, si può rimanere schiacciati in caso di collisione. Ho rischiato la vita una volta sola: c'era mare forza otto, ero in acqua con le spalle al barcone carico di persone e vidi lo scafo della nostra imbarcazione venirmi addosso, spinto da un'onda di sette metri. Mi lanciai di lato con un colpo di reni che non credevo neanche io di essere in grado di compiere. Gli scafi si scontrarono. Delle persone caddero in acqua. Cominciai a nuotare per raccoglierle. Rientrato dalla missione, avevo ancora davanti agli occhi l'immagine dello scafo che mi stava per travolgere. Rimasi seduto sul bordo del pontile, da solo, qualche minuto, per togliermi di dosso quella sensazione di morte sfiorata».

Spiegò che lo scenario che ci si trova davanti in mare aperto, appena si raggiunge il punto da cui è partita la richiesta d'aiuto, è sempre diverso.

«A volte fila tutto liscio, loro sono quieti, il mare è tranquillo, in breve tempo li riusciamo a trasbordare sui nostri mezzi. A volte si agitano così tanto che c'è il rischio che il barcone si rovesci durante le operazioni di soccorso. Bisogna sempre riuscire a calmarli. Sempre. È una priorità. A volte quando arriviamo il barcone s'è appena rovesciato e i corpi sono sparsi dappertutto. Gli africani, proprio per un motivo fisico, avendo pochissima massa grassa colano a picco più in fretta. Si tratta allora di agire il più velocemente possibile. Non esiste un protocollo. Si decide lì per lì. Si può nuotare in circolo attorno a un gruppo di persone, tenendo una fune per legarle assieme e tirarle su così tutte quante. A volte il mare è mosso e loro vanno a fondo davanti ai tuoi occhi. In questi casi si può soltanto provare a prenderne il maggior numero possibile».

Seguì una pausa lunga, lunghissima. Il suo sguardo non terminava più sul muro alle mie spalle. Andava oltre, in un punto del mare Mediterraneo che non avrebbe mai dimenticato.

«Se hai davanti a te tre persone che stanno andando a fondo e cinque metri più in là sta affogando una madre con un bambino, che fai? Dove vai? Chi salvi prima? I tre qui davanti o la madre con il neonato che stanno lì?».

Era una domanda smisurata.

Fu come se il tempo e lo spazio si fossero curvati all'indietro, riproponendogli quella scena spietata.

Le urla del passato risuonavano ancora.

Era enorme, il sommozzatore.

Sembrava inscalfibile.

Eppure, dentro, doveva essere un San Sebastiano trafitto da scelte lancinanti.

«Il bambino è piccolissimo, la madre giovanissima. Sono lì, a cinque metri da me. E, proprio qua davanti, tre persone stanno annegando. Chi salvare, allora, se stanno andando a fondo tutti nello stesso momento? Verso chi dirigersi? Che fare? Calcolare. È tutto quello che si può fare in certe situazioni. La matematica. Tre è più di due. Tre vite sono una vita in più rispetto a due».

E non parlò più.

Fuori il cielo era nuvolo, tirava vento da sud-est, il mare era mosso. Pensavo: ogni volta, ogni singola volta ho la netta sensazione di trovarmi di fronte a esseri umani che si portano dentro un intero camposanto.

* * *

Provai a telefonare a mio zio Beppe, il fratello di mio padre. Ci telefonavamo abbastanza frequentemente. Spesso lo zio mi domandava: «Ma perché mio fratello non mi chiama mai?». Io rispondevo: «Non chiama manco me che sono il suo primogenito, Beppuzzo, è fatto accussì».

Squillò a vuoto per oltre un minuto.

Staccai e rientrai dentro.

Cenammo mangiando del tonno con la cipolla in agrodolce e una insalata di finocchi, arance e aringa affumicata.

A tavola eravamo in quattro: Paola, Melo, mio padre e io.

Eravamo a Cala Pisana, a casa di Paola, una mia amica avvocato non più praticante che da anni risiede a Lampedusa, dove gestisce assieme a Melo, il suo compagno, il bed & breakfast che solitamente uso come base d'appoggio per le mie ricerche sull'isola.

Stavo esponendo le mie considerazioni su quella lunghissima giornata, dialogando con Paola. Melo a volte annuiva, producendo piccoli suoni, monosillabi al massimo. Mio padre invece non emetteva suono alcuno. Era il convitato silenzioso. Paziente, lo sguardo diretto negli occhi di chi parlava, dimostrava una notevole capacità di ascolto maturata nei quaranta e passa anni in cui aveva svolto la professione di cardiologo. Invitava al racconto con il semplice atteggiamento del corpo.

Io stavo considerando ad alta voce come tutto ciò che stava accadendo a Lampedusa andasse oltre il naufragio, oltre la conta dei sopravvissuti, oltre le cifre dei defunti.

«È qualcosa di più grande dell'attraversamento del deserto e della traversata stessa del Mediterraneo, tanto che questo scoglio in mezzo al mare è diventato un simbolo, forte ma al tempo stesso sfuggente, che viene studiato e raccontato attraverso svariati linguaggi: reportage, documentari, racconti, film, biografie, studi postcoloniali e ricerche etnografiche. Lampedusa stessa è oggi una parola contenitore: migrazione, frontiera, naufragi, solidarietà, turismo, stagione estiva, marginalità, miracoli, eroismo, disperazione, strazio, morte, rinascita, riscatto, tutto quanto contenuto in un unico nome, in un impasto che non riesce ancora ad avere né una interpretazione chiara né una forma riconoscibile».

Papà era rimasto zitto per tutto il tempo. I suoi occhi azzurri erano un pozzo fermo nel cui fondo non si leggeva giudizio alcuno.

Paola si era appena versata il caffè.

«Lampedusa parola contenitore», ripeté sottovoce, annuendo più a se stessa che a me.

Zuccherò il caffè e continuò quella riflessione.

«E in un contenitore, effettivamente, ci può stare tutto».

A poco a poco, con una progressione costante, il tono della sua voce si alzò, mentre il ritmo della frase si fece sempre più incalzante.

«E nel contenitore Lampedusa ci sta davvero tutto e il contrario di tutto. Prendi il Centro dove vengono portati i ragazzi sbarcati. Ti ricordi? L'hai visto quando ti sei arricampàto qui l'anno dopo la primavera araba».

Era l'estate del 2012 e avevo chiesto ad alcuni piccirìddi lampedusani incontrati in spiaggia: «Al Centro ci andate mai?». Fantasticavo sul fatto che la struttura dove veniva portato chiunque approdava a Lampedusa dovesse rappresentare per loro un polo di enorme attrattiva. «E che ci ham'a iri a fare?», mi avevano risposto i bambini, spiazzandomi. Ero convinto, fino a quel momento, che quella presenza avesse generato una curiosità mostruosa, diventando l'unico argomento di dialogo, del gioco, dell'avventura. Una radice dell'epica.

«Mi ci accompagnate?», avevo chiesto loro con titubanza, presagendo la sconfitta.

«Manco morti».

Il Centro non li attraeva, non li aveva mai interessati. Soltanto dopo averlo visto, capii di avere commesso un errore madornale: mi ero confrontato con i bambini usando parametri da adulto. Lungo il percorso che conduce al Centro c'erano soltanto sassi, sterpaglie, muri a secco da cui spiccavano sparuti cartelli «VENDESI». Unica forma di vita, un bailamme di grilli. Era un posto arido. Ovvio che i piccirìddi non ci venissero mai, non c'era nessuna possibilità di gioco. I miti non si costruiscono nel nulla.

Il Centro era stato costruito di sana pianta sul sito di una vecchia caserma dell'esercito. Alcuni casermoni, uno spiazzo, una recinzione. Sembrava, in tutto e per tutto, un carcere.

«È cambiato qualcosa nel Centro in questi anni?», chiesi a Paola.

«Il nome. Prima si chiamava Centro di Permanenza Temporanea, poi Centro di Identificazione ed Espulsione, ora è un Centro Hot Spot, qualunque cosa significhi. Cambiano i governi, mutano i nomi, ma la struttura rimane sempre quella: può contenere 250 persone, in un regime di emergenza può arrivare massimo a 381 posti letto. Questi sono i numeri, i bagni non aumentano, i letti neanche. E nel 2011 furono stipate là dentro oltre duemila persone, per giorni e giorni, senza che fossero informate su cosa sarebbe accaduto loro. Il mondo applaudiva alla primavera araba e poi ne imprigionava gli attori. Era questa la risposta migliore che avevamo saputo offrire alla loro domanda? E lo sai cosa si ottiene tenendo rinchiuse troppe persone in uno spazio così ristretto? Rabbia. È così che si creano le bestie. E, infatti, esplose una rivolta, con i materassi bruciati e un'ala incendiata».

Mio padre ascoltava con aria imperscrutabile, anche se, in un modo evidente ma parimenti indecifrabile, appariva chiaro il suo immagazzinare tutti quei dati. Melo si mordeva il labbro inferiore, Paola continuava a parlare senza staccare gli occhi dalla tazzina di caffè.

«Il Centro, almeno sulla carta, dovrebbe essere un luogo se non altro di contenimento, no? E infatti nella rete di recinzione del Centro c'è un buco. Credo risalga a quei giorni del 2011, ma non escluderei affatto che fosse addirittura preesistente. È un buco bello grande e funziona proprio come sfiatatoio, consentendo ai ragazzi di uscire fuori, di fare quattro passi, di venire in paese per provare a contattare le famiglie usando internet, offerto loro da alcuni residenti. E che fa, davanti a un ragazzino che ti chiede di potere parlare con la propria madre per dirle che è vivo, tu non glielo lasci il computer?».

Aveva continuato a girare il cucchiaino nella tazzina. Il suono dell'acciaio che sbatteva contro la ceramica aveva scandito la cadenza delle parole, come un controcampo ritmico, necessario per non perdere il filo, per non consegnarsi anima e corpo alle urla.

«Credimi, Davidù, meno male che c'è 'sto buco. È una porta, un modo per non farli sentire animali in gabbia. Capisci il punto quale è? Il Centro è una struttura presidiata dalle forze di polizia dentro la quale non si può accedere senza autorizzazioni speciali. Manco il prete può entrarci. La facciata è salva. Però nella rete esiste da sempre un buco. Ed è un fatto risaputo, tutti lo sanno e non si interviene. E per fortuna che non si interviene, ripeto per l'ennesima volta. Ecco un esempio concreto di quanto qui convivano assieme emergenza e ipocrisia, burocrazia e solidarietà, buon senso e culto delle apparenze. Lampedusa è un contenitore di opposti, davvero».

Dalla finestra aperta entrava nella stanza lo scrùscio del mare, l'acqua che si gonfia, si rovescia, si frange sulla sabbia, torna indietro, ricomincia, in un rilancio infinito. Melo, assittàto a capotavola, si era definitivamente consegnato al silenzio, come mio padre. Anche Melo parlava pochissimo, in tutta la giornata una manciata di parole, a volte strascicàte, perché parlare costa fatica e la fatica pesa.

Paola sorseggiò il caffè lentamente e soltanto quando l'ebbe terminato ricominciò a parlare.

«È la Storia che sta accadendo, Davidù. Ed è complessa, la Storia, piena di tasselli diseguali, a volte simili, a volte proprio opposti, eppure tutti necessari perché affiori il disegno finale. No, aspè, mi correggo: non sta accadendo adesso, la Storia. Sono più di venti anni che accade».

Cominciò a svampàrsi una sigaretta, la terza in mezz'ora.

«Come hai avuto modo di capire tu stesso stamane, la portata di questo avvenimento la si percepisce immediatamente assistendo a un approdo. Ma, anche se uno non dovesse mai assisterci, cosa vuoi che gliene fotta alla Storia della tua, della mia, della nostra percezione? La Storia sta già determinando il corso del mondo, tracciando il futuro, modificando strutturalmente il presente. È un movimento inarrestabile. E, stavolta, la Storia sta mandando avanti le persone in carne e ossa, di ogni età. Partono, attraversano il mare, approdano. Lampedusa non è un uscio, è una tappa».

Spense la sigaretta nel posacenere, mentre Melo si versava un rimasuglio di birra. Dalla finestra aperta entrava nella stanza un autunno tiepido, profumato di sabbia calda e salsedine.

Nei giorni successivi alla primavera araba si erano susseguiti a Lampedusa arrivi in massa. Piera, una residente, si era trovata al Porto Nuovo a coordinare il lavoro dei vigili urbani.

«Ce l'ho ancora davanti agli occhi, una scena assurda! Erano sbarcate così tante persone che al porto non si riusciva a passare. Erano dappertutto, la banchina era stracolma e gli sbarchi si succedevano uno appresso all'altro. Una processione di barconi! E scendevano giù in migliaia! Noi eravamo lì per dare una mano, ma mica eravamo preparati ad affrontare numeri del genere. Un carabiniere diceva in francese ai nuovi arrivati di posizionarsi sulla collinetta per fare spazio, intanto dal mare arrivavano altre imbarcazioni, tutte stracariche, e non c'era il tempo materiale di spostare le persone che i nuovi barconi avevano già sbarcato a terra altri ragazzi. Non so proprio dire in quante migliaia arrivarono quel pomeriggio, fu impossibile contarli, settemila, ottomila, novemila, non c'era un numero definito. E come si poteva mai prenderne il numero? Erano più degli abitanti di Lampedusa, questo è certo. Quelli che stavano sulla collinetta, appena comparivano le barche con sopra i parenti – le mogli, i mariti, i figli – si precipitavano giù per ricongiungersi con i propri cari. Un casino pazzesco, la polizia provava a separarli e noi che stavamo in mezzo eravamo sballottati da una parte all'altra. Non si capiva niente. E dal mare continuavano ad arrivare tantissime barche, una appresso all'altra. Una flotta! Mai vista una cosa simile. Ci fu un signore che arrivò con un falcone al braccio. Su un altro barcone invece un ragazzo tunisino si era portato la propria pecora. Che era bella! Una razza di pecora che non avevo mai visto, spettacolare. Un pelo folto, tutto riccio! Stupenda. Alla fine però l'abbiamo abbattuta. Non si poteva fare diversamente».

C'erano più stranieri che residenti a Lampedusa, oltre diecimila persone contro poco più di cinquemila isolani. Convissero timore e curiosità, diffidenza e misericordia, le imposte restavano chiuse oppure si aprivano per dare maglioni e scarpe, prese elettriche per caricare i cellulari e bicchieri d'acqua, una sedia per riposare e un posto a tavola per spezzare assieme il pane. Erano persone in carne e ossa, quelle lì davanti agli occhi, non statistiche lette sul giornale o numeri urlati alla televisione. Così, in una sorta di supplenza dell'assistenza, si recuperarono e si distribuirono cerate perché fuori pioveva e si calarono due chili di pasta perché quei ragazzi avevano fame e non mangiavano da giorni.

Erano stati lasciati soli tutti quanti.

L'anno successivo, il Governo sbandierava il dato di «zero sbarchi a Lampedusa» come una medaglia d'onore da appuntarsi sul petto.

«Ed è vero», mi aveva confermato Paola in quella estate del 2012. «Nessuna imbarcazione approda più qui. Manco in primavera se ne sono viste. E sai perché? I barconi intercettati sono scortati fino in Sicilia e lì avvengono gli sbarchi, lontano dai riflettori. E quindi: zero sbarchi a Lampedusa. Da un punto di vista puramente statistico, è inappuntabile. Eppure, la vedi? L'isola è frantumata, carica di ansia, in pieno vortice mediatico, ricolma di contraddizioni. Le persone parlano sempre meno e, se lo fanno, è solo per lamentare i problemi concreti, come l'assenza di un ospedale, per esempio, o il costo della benzina, che qui è la più cara d'Italia, constatando, anche amaramente, come tutta l'attenzione sia sempre stata focalizzata su chi arrivava dal mare, mentre delle difficoltà quotidiane che noi residenti scontiamo sembra davvero non importare a nessuno, tranne che a noi stessi».

C'era la stagione turistica, il vero motore della loro economia, da fare ripartire.

Di tanto in tanto, qualcuno lanciava una occhiata furtiva verso l'orizzonte.

«Prima o poi, qualcosa tornerà su queste spiagge», mi aveva detto un pescatore. Quella previsione, condivisa da tutti i residenti, si realizzò l'anno successivo, il 3 ottobre 2013. Fu un evento che andò oltre ogni incubo. Una imbarcazione si rovesciò a poche centinaia di metri dalle coste dell'isola, le acque si riempirono di cadaveri e Lampedusa fu invasa da bare e televisioni. Ciò che era mutato davvero negli ultimi tempi, in fondo, erano stati soltanto i piccoli segni. I cadaveri rinvenuti nelle reti da pesca, per esempio, venivano ributtati in mare per evitare il fermo amministrativo dei pescherecci. Le notizie dei presunti affondamenti, presunti perché le uniche fonti erano le testimonianze orali di chi aveva viaggiato su barconi gemelli, finivano in coda ai notiziari. In assenza di cadavere, era meglio che la morte rimanesse confinata in territori che si preferiva non esplorare. Eppure, nei mesi che precedettero la tragedia, il lavoro di soccorso quotidiano svolto dalla Guardia Costiera era proseguito come sempre, le persone continuavano a marciare attraverso il Sahara, le donne venivano stuprate nei carceri libici, i barconi e i gommoni salpavano ed erano intercettati oppure affondavano.

La Storia non si era affatto fermata.

«Da quant'è che state in questa casa?», domandò mio padre a Paola e Melo, rompendo il silenzio di cui si era ammantata la stanza. Mi voltai di scatto verso di lui. Un brivido mi era risalito lungo la schiena. A una prima lettura, l'atteggiamento fisico di papà era rimasto immutato: era sempre seduto con le gambe incrociate, le braccia conserte, nessuna ruga sulla fronte. Però giù, in basso, era visibile un tremolio appena accennato del piede d'appoggio, il pantalone all'altezza della caviglia vibrava in maniera quasi impercettibile, già dalle parti del ginocchio quel minuscolo movimento era scomparso. Conoscevo bene quel tamburellio del piede, lo conoscevo benissimo: era un mio movimento, anche il mio piede lo eseguiva, proprio quando stavo per intuire qualcosa.

Era l'inizio della rincorsa.

L'approssimarsi della comprensione dei fatti avrebbe fatto aumentare la velocità di quel tambureggiare.

Guardai papà.

Eravamo così simili, io e lui?

Il nostro corpo parlava il medesimo linguaggio?

Forse anche lui, quando l'angoscia lo divorava, sentiva il respiro frangersi tra le costole.

Paola aveva cominciato a rispondere, addumàndosi la quarta sigaretta.

«La testimonianza più antica di questa casa è una foto del 1957 che la raffigura come era allora: una vecchia fabbrica del ghiaccio in disuso. La foto fu scattata da mio padre nei giorni in cui si innamorò di Cala Pisana. Papà era scuppàto qui a Lampedusa perché in origine si era perdutamente innamorato di un posto in Libia, dove lavorava, vicino agli scavi di Sabrata. Ci parlava sempre di quella bellissima spiaggia con le palme che arrivavano fin sul mare e lui desiderava tantissimo avere lì una casa. I conoscenti e gli amici però lo dissuasero fin da subito: "Non comprare niente in Libia, la situazione politica è troppo complicata, non c'è nessuna sicurezza, rischi che nazionalizzino tutto e ti esproprino il tuo. In più, rischiereste anche tu e la tua famiglia. Piuttosto, visto che ti piacciono questi paesaggi, vatti a fare un giro a Lampedusa"».

Non so perché non avevo mai chiesto nulla a Paola del suo passato.

Spesso è questo ciò che accade, si cerca lontano quando invece è proprio da ciò che è vicino che andrebbe cominciata l'indagine.

Paola fumava e continuava a parlare in scioltezza.

«A quel tempo mio padre manco sapeva se Lampedusa fosse in Italia, non l'aveva mai sentita nominare. Comunque venne sull'isola e se ne innamorò. Il vecchio stabilimento industriale andò a un'asta fallimentare pubblica e fu comprato da mio padre l'8 marzo 1966, un anno esatto prima della mia nascita, anche se durante quei nove anni, dal 1957 della prima foto fino all'anno dell'acquisto, mio padre aveva continuato a tornare sull'isola, a volte solo, a volte con mia madre. Questa casa qui è stata in assoluto la prima casa costruita a Lampedusa da un non residente. I lavori di ristrutturazione furono ultimati nel '73. È da allora che la abitiamo, anche se, durante gli anni dei lavori, continuammo lo stesso a venire qui – io, papà, mamma e mio fratello – dormendo nelle case dei pescatori e negli unici alberghi del tempo, che erano pochissimi. Ci siamo girati tutta l'isola, prima di dormire a casa nostra».

Melo si arrotolò una sigaretta che non accese, lasciandola in equilibrio sul bordo del tavolo, il filtro fuori, la parte con il tabacco sulla tovaglia. Mio padre, accanto a me, continuava a muovere il piede con il medesimo ritmo di prima.

Paola, sempre con le spalle rivolte al mare, riprese a cuntàre.

«D'estate la sera si scendeva in paese, i grandi si fermavano a bere qualcosa al bar e io e mio fratello ci mettevamo a giocare con i mattoncini d'asfalto, presi dai lavori in corso di via Roma. Dappertutto c'era terra battuta, le strade non erano asfaltate e noi ci costruivamo la nostra casetta usando quei mattoncini neri. Edificavamo l'isola. Trascorrevamo l'estate giocando con gli altri bambini, tutti lampedusani, perché mentre gli adulti se ne andavano alla Guitgia, è Cala Pisana la spiaggia dei bambini lampedusani, da sempre. In più, proprio di fronte casa c'è lo scoglio Testa di Polpo. In quegli anni iniziò l'amicizia con uno dei miei migliori amici, Simone, grazie ai tuffi fatti da quello scoglio».

Simone era un punto fisso nella vita di Paola e Melo. Avevano trascorso assieme moltissimo tempo. Simone me l'aveva detto senza mezzi termini: «Per me, all'inizio Paola era Paolo. E non perché fosse mascolina nell'aspetto, ma proprio perché faceva tutti quanti i giochi di noi màsculi. Ci si buttava a capuzzùni dagli scogli e ìdda si jittàva a capuzzùni appresso a noi. Ci tuffavamo dalla Testa di Polpo e ìdda si jittàva pure. Litigavamo, lottavamo, ci spingevamo e lei c'era sempre. Ho scoperto che era femmina quando, crescendo, intorno ai dieci anni iniziò a prendere le forme da donna. La nostra amicizia dura da una vita. Ricordo che quando si misero assieme lei e Melo, la prima volta che andai a trovarli a Palermo, Melo quasi diceva: "Ma chìsto chi bòle?". Pareva quasi un intruso lui, tanto era bello e forte il rapporto di amicizia tra me e lei». Simone mi aveva anche spiegato i riti di iniziazione dei piccirìddi dell'isola. Uno si svolgeva proprio a Cala Pisana e consisteva in quel tuffo a capuzzùni, a testa, dallo scoglio Testa di Polpo. Età per affrontare la prova: sei anni. Altezza dello scoglio: sette metri abbondanti. Il secondo rito invece aveva come teatro la spiaggia della Guitgia. Lì si doveva praticare l'apnea. Sulla destra della spiaggia stazionava una banchina di alga posidonia e bisognava arrivarci nuotando sott'acqua per tutto il percorso. Quando si riusciva a raggiungere il banco di alghe in apnea, si diventava grandi. Si iniziava a provarci intorno ai nove anni. Distanza dalla spiaggia al banco di alghe: una sessantina metri.

«A Lampedusa i bambini non sono piccirìddi, sono pesci», aveva detto ridendo Simone. Era vero. Lui era diventato un subacqueo professionista. Nelle ultime estati però non riusciva a vedersi quasi mai con Paola e Melo. Lavorando come istruttore subacqueo, era ininterrottamente in giro in barca, mattina e pomeriggio. Eppure, nonostante d'estate non si riuscissero a frequentare per quanto desiderassero, nella casa dei miei amici Simone era una presenza tangibile e continuava a saltare fuori dai loro racconti.

Paola tirò una lunga boccata alla sigaretta, espirò il fumo con insistita lentezza, poi riprese a parlare.

«Nel '93 mio padre andò in pensione e si trasferì a vivere stabilmente qui, prendendo anche la residenza. La sua vita sostanzialmente era questa: d'estate ospitava gli amici, d'inverno chiudeva casa e girava l'Italia, ospite loro. Trieste, Madonna di Campiglio, le Cinque Terre. Mio padre morì a fine agosto 2002, dopo una lunga malattia. Io gli rimasi vicino, bloccata a Palermo con lui. A settembre io e Melo tornammo nell'isola. Avevamo un'idea: trasferirci a vivere qui creando un bed & breakfast per avere una fonte di reddito. Io non ne potevo davvero più di fare l'avvocato a Palermo. Appena sbarcati, me lo ricordo perfettamente, passammo dal *Bar dell'Amicizia* per fare colazione, e chi venne a salutarci? Il mio amico Simone. Era con due coppie di ragazzi. Subito ci chiese: "Ehi, 'sti amici cercano un posto dove andare a dormire, che fa? Li prendete voi?". Io e Melo rispondemmo di sì. Fu la nostra prima esperienza di b&b, grazie a Simone. Chiedemmo diecimila lire al giorno a stanza. La casa però l'avevamo trovata sostanzialmente distrutta. Dopo quella estate, ritornammo soltanto a Natale. Trasferirci a vivere a Lampedusa avrebbe significato lasciarsi tutto alle spalle. Furono giorni colmi di riflessioni. Poi accadde questo fatto, giuro che è vero. Era mattina, ero seduta sul cesso e pensavo: io questa scelta la voglio abbracciare, però ho bisogno di un segno, di qualcosa che mi dica: "Trasferisciti a Lampedusa!". E, di colpo, scoppiò il flessibile del bidet di fronte a me, arrusciàndomi tutta. Grondavo acqua. Non riuscivo manco a chiedere aiuto a Melo per la forza del getto. Bene. Decisi che quello era il segno, era la casa che mi stava dicendo: "Vieni ad aggiustarmi perché io sto morendo". Uscii dal cesso sgocciolando e dissi a Melo: "Ok, s'è rotto il flessibile, trasferiamoci a Lampedusa". Tornai a Palermo da sola, Melo rimase qui a sistemare la casa».

Adesso che era stato interpellato, Melo non poteva esimersi dal raccontarci la sua versione dei fatti. Cominciò espirando con forza, come per caricarsi prima di parlare. Per alcuni palermitani parlare sembra richiedere un tale sforzo che serve un accurato riscaldamento iniziale: aria nei polmoni, sonora dilatazione intercostale, mobilità di narici, labbra, collo. Poi Melo parlò, tenendo costantemente un tono di voce basso, già era tanto che pronunciava le parole, non è che potevamo pure pretendere che il volume fosse elevato.

«Sono venuto a Lampedusa assolutamente di riflesso, per accompagnare Paola. Non provavo nessuna attrazione particolare per l'isola. Da quel Natale del 2002 restai a Lampedusa un anno e mezzo filato. La casa era ridotta ai minimi termini, dovevamo aggiustarla. Reperire in loco gli operai qualificati era proprio impossibile e sarebbe costato in ogni caso dieci volte tanto i soldi che avevamo a disposizione. Così sono rimasto per eseguire materialmente i primi lavori di ristrutturazione. È capitato di utilizzare roba arrivata dal mare, legna specialmente. L'architrave che c'è sopra il portone, per esempio, è una di quelle traversine che ci sono nei porti su cui si legano i copertoni dei camion per permettere alle navi di affiancare. Alcuni tavoloni particolarmente belli, arrivati dal mare, invece li abbiamo utilizzati per rifare la cucina».

Sembrava spossato, Melo. Aveva parlato, era evidente che adesso aveva bisogno di caffè. Paola captò quella richiesta, si alzò, accese la fiamma e ci appoggiò sopra la seconda caffettiera della serata. Il nuovo giro di caffè stava per iniziare. Papà parve apprezzare, un sorriso appena accennato gli era comparso sul bordo sinistro della bocca. Melo compì un ulteriore sforzo e finalmente s'addumò la sigaretta che aveva lasciato in equilibrio a bordo tavolo.

Anni addietro, un pomeriggio in cui eravamo entrambi assittàti sul divano davanti alla TV del tinello perennemente accesa e perennemente muta, Melo mi aveva raccontato alcuni episodi della sua vita antecedente all'incontro con Paola. Tra i tanti mestieri che aveva fatto – cuoco, tecnico per la Compagnia Ligure Oceanografica Energetica, ristoratore – lo skipper era quello che aveva praticato per più tempo e con maggiore felicità. L'estate in cui doveva portare il proprio scafo dalle Eolie a Capri – era il settembre del 1984 e sull'imbarcazione erano in tre, lui e due suoi amici – si era imbattuto in una terribile tempesta sul Tirreno, così forte da farlo naufragare. Un naufragio vero, con acqua imbarcata e scafo colato a picco. A bordo c'era anche la sua moto. Ancora oggi riposa da qualche parte sul fondo del mare. Melo e i due amici saltarono giù dalla barca in fretta e furia, prendendo tutto quello che riuscirono a raccogliere: il gommoncino, ovviamente, una coperta da utilizzare come vela, i giubbotti di salvataggio, alcune confezioni di tonno in scatola e svariate birre in lattina, che bevvero durante il tempo del naufragio. Nel terrore di quei momenti, Melo raccattò anche le chiavi della moto.

«Onestamente, avevo scambiato il portachiavi per un pacco di sigarette», ammise ridendo. «Non si capiva niente, l'acqua entrava da sotto e da sopra, da destra e da sinistra, lo scafo si stava inabissando e non è che potevo restare giorni e giorni senza fumare. E invece...».

Dopo due giorni in mare aperto, avvistarono la terraferma. C'erano solo scogli e sterpaglie. Abbandonarono il gommoncino e si misero in cammino. Era sera, c'era vento e loro erano nudi e bagnati fradici. Dopo un'ora, una luce: una struttura alberghiera. Corsero e bussarono con impeto. Il portiere arrivò e si trovò davanti 'sti tre personaggi in mutande e giubbotto di salvataggio. «Scusi, ma dove siamo?», gli domandarono all'unisono. «Settefrati», rispose quello. Settefrati! Erano in provincia di Palermo, la corrente li aveva fatti viaggiare per un lunghissimo tratto in senso opposto.

«Quella è stata l'ultima volta che io e i miei due amici siamo stati assieme: su un gommoncino alla deriva nel Mediterraneo. Da allora non ci siamo mai più rivisti tutti e tre contemporaneamente», concluse Melo, come se per la prima volta stesse prendendo coscienza di quel fatto esattamente in quel momento.

Durante il suo racconto, ridemmo molto.

Paola aveva tolto la caffettiera dalla fiamma, portandola

a tavola. Versò il caffè nelle tazzine di ceramica smaltata di colore blu. A centro tavola c'era lo zucchero. Paola e Melo zuccherarono il caffè, io e mio padre no. Si sentiva in quel bel silenzio serale la risacca e, a intermittenza, il verso acuto delle berte. Paola si addumò la quinta sigaretta e se la fumò tutta quanta. Melo prese le tazzine, le sciacquò nel lavabo e tornò a tavola. Paola stava osservando fuori dalla finestra. Anche Melo si voltò a fissare il mare. Lo sguardo di entrambi si era fermato in un punto preciso della cala, abbastanza vicino a riva, a venti metri scarsi dalla finestra.

Il mio piede cominciò a tambureggiare fortissimo.

«Che guardate?», chiesi. Fu proprio come se la domanda fosse nata da là sotto, da quel movimento della carne contro la terra. Anche il piede di mio padre aveva sensibilmente accelerato il ritmo. Giocavamo nella stessa squadra e non ne eravamo consapevoli. Tenevamo il tempo assieme, votati al medesimo obiettivo: ascoltare le prossime parole di Paola e Melo. Era questo il fine cui tendeva la domanda iniziale di papà, che era servita a preparare il terreno, ad abbattere le difese, ad allenare la voce nel nominare il passato.

Tornando a voltare le spalle al mare, Paola prese un'altra sigaretta, se l'addumò e la fumò guardandola con insistenza, come a cercare le parole nei volteggi che il fumo compiva partendo dalle sue mani: un giro, un allungo, infine uno smembrarsi.

«La scena non me la posso più scordare. Ero seduta davanti alla televisione a vedermi *L'isola dei famosi*. Melo era alla scrivania e stava tracchiggiàndo al computer. Pioveva. A un certo punto sentiamo delle voci. Tante voci. Mi alzo, esco fuori nel buio sotto la pioggia, e vedo un numero imprecisato, enorme, di persone che escono dall'acqua. Subito dico a Melo: "C'è uno sbarco". Ci guardiamo dritto negli occhi e ci diciamo: "Chiudiamoci dentro". E nello stesso preciso momento in cui pronunciamo queste parole, dico: "Ma che cazzo stiamo dicendo? Andiamogli a dare una mano". E siamo usciti fuori».

Spense la sigaretta nel posacenere. Si guardava le mani e le dita, come se il passato fosse lì, trattenuto dalle unghie, ancora non libero di andarsene via per sempre.

Fu Melo a riprendere il racconto.

«C'era buio pesto e non riuscivamo a fare abbastanza luce con le torce elettriche, così ho avvicinato la macchina alla spiaggia, il massimo che potevo, con i fari accesi per illuminare il più possibile, in modo che questa gente si organizzasse un po' meglio. Il gommone si era arenato e loro si stavano buttando in acqua per raggiungere la spiaggia. Paola è stata molto più brava di me perché ha avuto una grande prontezza di spirito: mentre io stavo aiutando la gente a scendere dal gommone, lei si è accorta di un ragazzo riverso sulla spiaggia, con la faccia in giù, completamente immersa in mare. Ricordo nettamente questa scena: Paola che va nell'angolo destro della caletta, prende 'sto ragazzo e gli tira fuori la testa dall'acqua. Credo proprio che gli abbia salvato la vita».

Melo non modificò il tono della propria voce. Continuò a parlare come avrebbe fatto se avesse dovuto descriverci la rotta da tenere per navigare da Palermo a Ustica.

«Ai tempi, quelli che raggiungevano Lampedusa eseguivano una manovra stranissima che ora non compiono più. Quando arrivavano con i propri mezzi, smontavano immediatamente il motore fuoribordo dal gommone – si smonta velocemente svitando delle viti ad aletta – e lo buttavano in mare per renderlo inutilizzabile. Mi spiegarono che agivano così perché erano terrorizzati dal fatto che qualcuno potesse ordinargli: "Tornatevene indietro da dove siete venuti". Quella notte gli vidi compiere esattamente questa azione. Mi fece davvero parecchia impressione, nessuno gli avrebbe intimato di tornarsene da dove erano venuti, in quelle condizioni poi. Erano davvero terrorizzati. Subito dopo, cercarono della roba dentro il gommone, forse i documenti, forse i soldi, chissà cosa, davvero, non c'era luce, non si vedeva quasi niente ed era tutto molto concitato. Tornato a riva, mi accorsi che alcuni si erano immediatamente cambiati di abito. Non ricordo anziani. C'erano sicuramente i piccoli, i giovani e gli adulti. C'era anche un bambino minuscolo. Stava in una culla improvvisata che abbiamo tirato fuori dal gommone e portato a riva».

Melo indicò il patio di casa, che si trovava esattamente alle spalle mie e di papà.

«Nessuno di loro volle entrare. Rimasero nel patio, nonostante i nostri inviti. Non c'era freddo, stare fuori o dentro era quasi la stessa cosa. Abbiamo dato fondo alla dispensa perché erano affamati. Assetati, più che altro. Gli abbiamo preso anche qualche vestito, giacche, per lo più, e coperte e teli per asciugarsi».

Paola era emersa dal muto confronto avuto con le proprie mani. Anche lei fissava il patio. Si agganciò alle ultime parole di Melo.

«Non sono voluti entrare in casa perché erano tutti bagnati e sporchi. Non volevano crearci disordine. Mentre si asciugavano e mangiavano e bevevano nel patio, ho telefonato alla Capitaneria per avvertirli. Potevano essere una quarantina... quarantaquattro, quarantacinque... quello era il numero standard con cui a quei tempi si saliva su un gommone. Abbiamo aspettato non so dire quanto, mezz'ora, un'ora, poi sono venuti a prenderli. E basta».

La storia sembrava ultimata, eppure Paola continuava a indugiare con lo sguardo sul patio.

«Questi ragazzi non li ho mai più rivisti».

Le dita le si erano intrecciate. Le mani, ora appoggiate sul tavolo, sembravano quasi sostenerla.

«Avete preso coscienza di ciò che stava accadendo?», domandò mio padre. Il suo piede era tornato immobile.

Fu Melo a rispondere.

«Abbiamo preso coscienza del fatto che pure noi potevamo accorgercene», disse. Aveva ripreso a respirare sonoramente, segno che il carburante per le parole si sarebbe esaurito a breve.

«Era incontrovertibile che stava accadendo qualcosa. Però, che gli sbarchi avvenissero al porto era, fino a quel momento, un'altra cosa. Anche perché, se venivano da ovest, era più facile che attraccassero nelle spiagge di ovest. Noi qui invece siamo a est e davanti casa nostra, oltre il mare infinito, sappiamo che dopo 650 miglia circa c'è Cipro, ma prima di 650 miglia assolutamente il nulla. Ora, navigando da ovest, tu ti aspetteresti uno sbarco nelle spiagge di quel versante. Qui è un fuori rotta, sbarcare qui è un evento eccezionale. Che negli anni, comunque, si è verificato altre volte».

Prese una sigaretta dal pacchetto di Paola e se la mise in bocca senza addumàrsela.

«No, non me l'aspettavo proprio che arrivassero su questa spiaggia. Era un problema tecnico, il mio: perché giungere fin qui se potevano attraccare tante ore prima in una spiaggia a ovest?».

Recuperò l'accendino e l'avvicinò alla bocca.

«Fondamentalmente, però, io sono un uomo di mare,

per me un salvataggio vale l'altro, qui o in mare aperto non c'è alcuna differenza».

Fece brillare la fiamma, avvicinò la sigaretta, inspirò, posò l'accendino, espirò fumo.

«Mi dispiace non essere più esaustivo».

Il suo intervento si era definitivamente concluso.

Paola sciolse le dite dall'abbraccio reciproco e tornò a guardarci negli occhi.

Lei non aveva ancora terminato.

«Credo che il fatto più traumatico sia stato l'avere avuto paura. Il sentimento della paura provata me lo porto dentro con grande senso di colpa, anche se poi l'ho rielaborato dicendo: "Ok, avere paura è normale, è umano, l'importante è superarla". Però ce ne vergogniamo, io e Melo, perché c'è stata. È durata veramente un attimo, proprio un attimo. Ma la prima reazione istintiva è stata quella: io che dicevo "Chiudiamoci dentro". Non me lo scordo più. Mi era passato davanti tutto ciò che fino a quel momento avevo sempre detto e che, invece, nel momento clou, non stavo compiendo».

Scoppiò a ridere, sonoramente.

«Predicavo bene ma nel momento giusto stavo razzolando malissimo. Io già da prima avevo le mie idee da intellettuale di sinistra: bisogna accogliere, non si deve avere paura. Poi nel momento in cui mi ci sono trovata dentro, minchia...».

Quella risata era stata come una liberazione.

«Una mia amica di Cantù, Loredana, era venuta qui la prima volta come nostra ospite. Si innamorò dell'isola e ci ritornò più volte a lavorare. Anche lei era molto aperta, progressista con idee di sinistra, ecco. Loredana lavorava come hostess su un caicco abbastanza grande, ci dormiva dentro la sera, da sola, ancorata al porto.

Una mattina, quasi all'alba, sentì dei rumori strani provenire da sopra, dalla coperta. Erano passi. Dall'oblò vide delle gambe nere. Tantissime gambe nere. Che era successo? Il barcone era giunto in porto e si era affiancato al caicco perché il molo era troppo alto, così, per riuscire a salirci, i ragazzi stavano saltando sul caicco, usandolo come scala. Loredana mi raccontò che la sua prima reazione fu quella di chiudersi dentro la cabina. Dopo un attimo però disse a se stessa: "Ma che cazzo sto facendo?". Aprì la cabina, uscì fuori e cominciò ad aiutare i ragazzi. Quando mi ha confidato questo fatto, ho ritrovato in lei lo stesso mio meccanismo mentale. Esistono due istinti, solo che uno precede l'altro: il proteggersi e l'aiutare il prossimo, perché anche quello di aiutare è un istinto. La paura del diverso, di quello che non conosci, qualunque cosa essa sia, umano, animale, naturale, è normale. E se la superi la prima volta, probabilmente non ti si ripresenterà più. O, almeno, ogni volta che ti si ripresenterà, avrai tempi di reazione sempre minori per superarla. Ogni volta che Loredana me ne parla, io mi ritrovo nel suo racconto: le stesse parole, le stesse espressioni, lo stesso sentimento misto di vergogna e riscatto, la stessa grande condiscendenza nell'autogiudicarsi».

Paola si alzò. Aveva finito. C'era però un tassello che mancava. Era un pezzo bello grosso. Melo si era appena ritirato, erano le undici passate e tutte quelle parole l'avevano stancato così tanto che aveva avuto bisogno di corcàrsi.

«Quando avvenne lo sbarco?», le domandai. La mia amica, solitamente lucida e precisa, ci confidò che non se lo ricordava.

«Di solito ho una ottima memoria e riesco a tenere a

mente un sacco di informazioni. Non questa. Non riesco a ricordare».

Cominciò a guardarsi attorno.

«Doveva essere prima del 2005, perché per avere sentito le loro voci venire da fuori, in casa dovevano esserci gli infissi vecchi. Questi, i nuovi, sono isolanti. Quindi, o accadde nel 2003 o nel 2004...».

Sembrava convinta, invece dopo un istante si bloccò di colpo e cominciò la retromarcia.

«No, aspè... fu nel 2004, perché il trasloco l'abbiamo fatto nel giugno del 2003... ma io ero sul divano davanti alla TV, quindi...».

Stava combattendo con un blocco della memoria.

Certi traumi possono impiegarci decenni prima di essere superati.

«Non riesco a ricordare, davvero. Però potrei dirti esattamente i movimenti che eseguii e dove ci incontrammo con Melo al centro del salone quando, guardandoci negli occhi, ci siamo detti: "Chiudiamoci dentro"».

Aveva mimato l'intera scena: i gesti che lei e Melo si erano scambiati, le rispettive posizioni nella stanza, la distanza tra i loro corpi che aumentava e diminuiva mentre la presa di coscienza di ciò che stava accadendo in mare a neanche venti metri dalla finestra di casa si imponeva fermamente come una necessità. Mancava solo il quando, perché tutto fosse completo.

Paola tornò a sedersi, si versò un po' di caffè, ormai freddo, lo zuccherò e lo bevve con estrema lentezza, spossata da quella rievocazione. Anche la sua voce s'era stancata, abbassandosi di tono.

«Per tutta la notte ho avuto il terrore di svegliarmi l'indomani mattina e trovare con la luce del sole qualche morto. Al buio non si capiva niente. Questo è sempre stato il mio incubo: come potrebbe cambiare il mio rapporto con questo luogo, con questo mare, con questa casa, con questo paesaggio se un giorno dovessi imbattermi in un... il mare porta un sacco di cose... ora c'è stato Levante e dobbiamo recuperare due pezzi di legno bellissimi che si sono spiaggiati... ma se dovesse arrivare qui un... non lo so... non lo so... io i morti non li ho mai visti. Mai. Non mi ci sono mai neanche voluta trovare».

Si alzò da tavola, ci salutò e andò a raggiungere Melo.

Io e papà ci salutammo con due baci, uno per guancia, e tornammo alle rispettive stanze.

Nel telefono trovai un SMS.

Era di zio Beppe.

C'era scritto: «Scusami, non sono riuscito a rispondere, ero molto stanco».

Era troppo tardi per richiamarlo.

Mi misi a letto e crollai in un istante.

* * *

«Il primo approdo non si scorda mai», ripetevano, tra il serio e il faceto, coloro che ne avevano visti diversi.

Avevano tutta la ragione del mondo.

Era novembre ed era mattina.

La cena in cui Paola e Melo ci avrebbero raccontato dello sbarco si sarebbe tenuta quella stessa sera.

Io e mio padre eravamo appena atterrati a Lampedusa.

I nostri occhi erano ancora vergini.

Impietrito, ammiravo la scena delle persone salvate in mare aperto la notte precedente dalla Guardia Costiera.

Uomini, donne e bambini stavano in piedi sulle tre motovedette che, a turno, avrebbero ormeggiato per consentire le operazioni di sbarco.

Erano tantissimi.

Mi trovavo sul molo Favaloro grazie a Paola, che mi aveva dato un tesserino del *Lampedusa Forum Solidale*, una associazione composta da laici e religiosi autorizzata a stare sul molo per presenziare agli approdi. Mio padre stava appena fuori, oltre il cancello di ferro.

Appena atterrati, Paola ci era venuta a prendere in aeroporto, comunicandoci, abbastanza serena, che a momenti ci sarebbe stato un approdo.

«Vuoi vederlo dal vivo, Davidù? È per questo che sei venuto, no?».

I volontari avevano portato thermos pieni di thè caldo, preparavano le coperte termiche da distribuire e aprivano confezioni di merendine. Io ripetevo le loro azioni.

La prima delle tre motovedette della Guardia Costiera si avvicinò al molo. Gli uomini della Croce Rossa e tutto il personale medico indossarono guanti e mascherine, vennero urlate le indicazioni per il trasbordo a terra e, sotto lo sguardo dei poliziotti in tenuta antisommossa, lo sbarco sul molo ebbe inizio.

Un paio di settimane prima, assecondando un impulso improvviso, avevo chiesto a mio padre di accompagnarmi a Lampedusa.

Non avevo mai fatto un viaggio da solo con lui.

«Papà, che fai i primi di novembre?».

Da quando era andato in pensione, aveva scoperto la passione per la fotografia. Avevo pensato che gli sarebbe piaciuto fotografare Lampedusa. Glielo domandai per telefono, certo del suo diniego, e attesi, perché è così che funziona quando si parla con un padre meridionale: deve esserci una ampia parentesi di silenzio prima di una risposta, di una qualsiasi risposta. È una necessità, causa di forza maggiore. E infatti, dopo secondi lunghi e snervanti, finalmente la voce di papà risuonò all'altro capo della linea.

«E tu che fai i primi di novembre?».

Aveva risposto a una domanda con un'altra domanda. Classica strategia da anamnesi medica. Non potevo competere con chi aveva praticato questa disciplina per più di quarant'anni.

«Torno a Lampedusa, tu non l'hai mai vista, perché non mi accompagni?».

«Ma non c'eri già stato?».

«Sì, diverse volte».

Altro silenzio, interminabile. Al telefono con mio padre, nessun suono veniva a salvarmi da quella mia privata siberia sentimentale. Poi, come il lupo appare sulla neve, ecco tornare improvvisa la sua voce.

«E quanto ci fermiamo?».

«Cinque, sei giorni massimo».

«E dove stiamo?».

«Dove vado sempre: dalla mia amica Paola. Ha un b&b. Camere separate».

Immaginavo mio padre vagare per una stanza infinita, senza angoli né pareti.

«Posso pagare col bancomat?».

«Papà, no. Ma puoi sempre fare un bonifico da casa prima di partire».

Ancora silenzio, ma stavolta di una qualità diversa: si poteva avvertire il suono degli ingranaggi che scorrevano, i ragionamenti portati allo stremo, i dilemmi finalmente risolti.

«Allora mi porto i contanti».

«Amunì, quindi vieni?».

«Sì».

La risposta arrivò a tappo.

Non ero preparato.

Non c'era stato il silenzio a scaldarla.

In più, mio padre aveva immediatamente ripreso a parlare.

«Mi voglio portare la macchina fotografica».

«È per questo che avevo pensato di chiederti di viaggiare con me».

Sgranai le parole con lentezza, sottovoce. Il cuore aveva cominciato ad accelerare i suoi battiti.

Mio padre aveva cambiato tono. Era ilare, addirittura.

«Deve essere un posto stimolante e interessante da fotografare, anche se difficile, non credi?».

Mi aveva fatto una domanda inattesa. Mi aveva chiesto un parere. Ero imbarazzato. Provai allora con la sua tecnica, rispondere a domanda con un'altra domanda.

«Papà, il tuo lavoro di cardiologo ha influenzato il tuo modo di fotografare?».

Stavo disperatamente cercando di darmi un tono con lui.

Mio padre anche allora rispose subito.

«Da medico, mettevo insieme tanti piccoli indizi per arrivare a una loro unione che costruisse un significato: un sintomo, un segno, un dato di laboratorio. In fondo il lavoro vero e proprio è questo: sommare sintomi, segni, dati di laboratorio alla ricerca di qualcosa che fornisca una spiegazione. C'è una ipotesi diagnostica e si ricerca quello che si è ipotizzato. Per cercare, debbo avere uno sguardo che mi orienti, sapendo cosa cercare e dove guardare. La medicina attuale è una medicina cieca, le indagini fatte a tappeto testimoniano sostanzialmente il fatto che il medico non sa più guardare. E il medico non sa guardare perché non è stato educato a guardare. A me invece è stato insegnato a guardare. Il mio maestro, il professore Geraci, ci insegnò l'importanza dello sguardo nell'analisi medica. Quindi direi di sì, il mio è uno sguardo che è stato influenzato e al tempo stesso allenato da quella che è stata la mia professione. Ho comprato anche un nuovo obiettivo, non vedo l'ora di provarlo. Che dici, mi porto anche il treppiedi?».

Non ero pronto a quella pioggia di parole paterne.

Mi sentivo zuppo.

«Sì, sì, portalo», balbettai, chiudendo frettolosamente la telefonata con una strana sensazione addosso, come doveva essere stato lo svegliarsi a Berlino Est all'indomani della caduta del muro.

In meridione si sconta una difficoltà comunicativa figlia di una cultura secolare in cui tacere è sintomo di virilità.

«Omo di panza» è il modo lusinghiero per definire chi si presume abbia uno stomaco così forte da trattenere dentro tutto: i dubbi, i segreti, i traumi. È un tratto distintivo del paternalismo: il tacere diventa un'arte che si apprende fin da piccolissimi. Parlare è una attività da fìmmina. I deboli parlano, i veri màsculi stanno muti. La consegna del silenzio, soglia di quella rocca quasi inscalfibile che è l'omertà, è una *conditio sine qua non* per integrarsi. In ogni caso, giusto per mettere le cose in chiaro, 'a megghiu parola è chìdda ca 'un si dice.

Non è affatto strano che mio padre abbia trovato nella fotografia un mezzo assai congeniale per esprimersi. In questo contesto asfittico e sentimentalmente quasi analfabeta nella capacità di nominare il proprio desiderio, le foto di mio papà si configurano come un tentativo di apertura nei confronti della realtà. Le sue foto, in qualche modo, diventano le parole che non si sono dette. Fotografare è il modo in cui, finalmente, mio padre parla ad alta voce con se stesso, ammettendo la propria impotenza rispetto a una data circostanza o valutando la dimensione di un fallimento, indagando a fondo la ragione delle cose, senza l'assillo di una risposta immediata. Al contempo, la fotografia aspira a essere anche altro da sé, facendosi simbolo, riempiendo proprio quei silenzi che le parole non riescono a colmare.

Le operazioni di sbarco cominciarono dai bambini di pochissimi mesi, i primi a scendere sulla terraferma. Un uomo della Guardia Costiera teneva in braccio una bambina avvolta nella coperta termica, così piccola da sembrare una bambola. I colleghi lo sorressero per le spalle, permettendogli di mantenere l'equilibrio e guadagnare in sicurezza il molo. Una volta a terra, la bimba venne data in braccio a una infermiera. L'operazione si consumò velocemente e fu eseguita con grande attenzione. Per tutto il tempo del trasbordo, l'uomo della Guardia Costiera guardò negli occhi la piccirìdda, un germoglio di tre, quattro mesi, sorridendole sempre.

Papà, è questo il senso di appagamento che provate voi medici quando salvate la vita a un bambino?

Ci fu, a seguire, il trasbordo di un altro piccirìddo, un maschietto di pochissimi mesi. Ancora una volta, sembrò di assistere al passaggio di un testimone di vetro, tanta fu la cura nel maneggiare quel corpicino. Sotto una tenda, il personale medico controllava i due neonati. Poi sbarcò un adulto. Uno solo. Un subsahariano. Era il papà della prima bambina. Andò accanto alla figlia. Le carezzava la testa con il dito indice e ringraziava chiunque incrociasse il suo sguardo, calando la testa a mo' di inchino. Serrava i denti per non scoppiare a piangere. Padre e figlia salirono sull'ambulanza assieme a una volontaria della Croce Rossa, che aveva con sé l'altro bambino. Furono portati al Poliambulatorio per gli ulteriori accertamenti.

Cominciò lo sbarco dei bambini più grandi. Avevano cinque, sei, sette, otto anni. Erano una ventina. Non ci fu bisogno di prendere in braccio nessuno. Camminavano sulle proprie gambe. A parte due, che indossavano calzettoni di spugna al posto delle scarpe, erano tutti scalzi. Avevano magliette colorate, pantaloncini corti, vestitini che terminavano sopra il ginocchio. Si stringevano alla coperta termica. Una bambina cominciò a giocarci: era diventata un mantello che, colpito dal sole, creava scaglie di luce. Un altro piccirìddo era talmente stanco che si sedette a terra, appoggiandosi con le spalle al muretto del molo e, chiudendo gli occhi, si addormentò.

«Te ccà», mi disse Paola, dandomi in mano un sacchetto pieno di pupazzetti da distribuire, assieme al cibo, al thè e ai succhi di frutta. Il pupazzetto era un dinosauro di pezza di colore viola, alto una decina di centimetri, molto morbido. La processione impaurita e smarrita dei bambini fu alleviata dal dono di quel piccolo giocattolo. I piccirìddi si concentrarono interamente sul pupazzo. Era la chiave per un mondo di gioia. Nessuno di loro piangeva. A volte si guardavano attorno, non capendo dove fossero. Erano tutti subsahariani. Era la prima volta che vedevano persone con la pelle chiara, le barche ormeggiate, i pupazzetti viola a forma di dinosauro. Bevevano il succo di frutta e giocavano in silenzio. Tornata l'ambulanza, furono portati al Poliambulatorio. Ci fu bisogno di compiere due viaggi. Un volontario della Croce Rossa aveva preso in braccio il bambino addormentato che, stravolto, aveva continuato a dormire. Erano le undici del mattino. Lo scirocco soffiava con forza. Quando l'ambulanza partì liberando spazio sul molo, cominciò lo sbarco delle donne.

Le ragazze sbarcate erano giovani, molto giovani e giovanissime. Avevano venti, quindici, dodici anni. Sulla banchina, il personale medico aveva avviato le operazioni di routine per individuare l'eventuale presenza di scabbia, controllando le mani a ognuna di loro.

I volontari sorridevano e scherzavano. Paola stava discutendo con Alberto, un operatore di Roma coi dread.

«Le sarde vanno puliziàte con un filo d'acqua sottile e continuo», gli stava spiegando. «Un colpo di coltello secco e via le viscere, ma veloce però, sennò la sarda s'assuppa d'acqua e il sapore del mare se ne scampa via».

Stavano armeggiando con i thermos. Accanto, due volontarie aprivano altre confezioni di merendine. Il thè caldo fu versato in bicchieri di plastica, poi si attese che il personale medico desse alle ragazze il permesso di avanzare lungo il molo per dirigersi verso il pullman, appena entrato dal cancello di ferro, che le avrebbe condotte al Centro. Di colpo, senza preavviso alcuno, una ragazza svenne. Si accasciò e, con un unico movimento, andò giù. L'ultimo residuo di forza doveva essere finito e il corpo era crollato. Fu soccorsa dal personale della Croce Rossa e sistemata su una barella. Poteva avere quattordici, quindici anni. Svenne anche una seconda ragazza, con una dinamica analoga, come se davvero, adesso che si trovavano sulla terraferma, lo sforzo per sopravvivere poteva interrompersi per un istante, il tempo di riposare, ricaricarsi e quindi ricominciare. La seconda ragazza era ancora più giovane, dodici anni al massimo.

«Sono disidratate», riuscii a captare dalle informazioni che si comunicavano i medici tra di loro.

Ogni svenimento fu vissuto in silenzio. Ce ne fu un terzo, un quarto e pure un quinto. Le ragazze vennero caricate sull'ambulanza. Fu come se cinque sassi mi fossero caduti dentro il lago del cuore. Si trattava di assorbire il dolore, certo, proprio come le acque inghiottono i sassi. È un attimo, una frazione di secondo in cui tutto sembra consumarsi: il tempo dell'impatto, il suono dell'acqua che si apre, il sasso che scompare. Però, un istante dopo, subentra il lento ma inarrestabile propagarsi delle onde del lago in ogni direzione, un frangersi sulle rive che si protrae nel tempo, dentro lo spazio della memoria, con un impercettibile ma sistematico logorio degli argini del cuore.

Le ragazze guadagnarono il molo, scendendo dalla prima e dalla seconda motovedetta, mentre la terza rimaneva in mare, attendendo il proprio turno. Erano più di duecento. Erano confuse e intimorite, proprio come i bambini. Alcune si accorsero degli svenimenti, altre no. Non ci furono reazioni particolari davanti a quelle cadute. Più della metà erano scalze, le altre portavano le ciabatte a infradito. Nessuna scoppiò a piangere, ma in moltissime trattenevano le lacrime. Giunse il segnale perché si muovessero verso il pullman. I gesti erano lenti, i passi misurati. Sembrava una processione, invece erano allo stremo delle forze.

I volontari offrirono loro le merendine e il thè caldo. A ogni ragazza dicevano: «Welcome». Le ragazze ringraziavano sottovoce, «Merci», «Thank you», un piccolo inchino, un accenno di sorriso. Tenevano il thè con entrambe le mani, vicino al volto, per riscaldarsi al suo contatto. Furono distribuite altre coperte termiche. Paola girava raccogliendo le confezioni delle merendine e i bicchieri di plastica vuoti. Parlava con le ragazze: «Where do you come from?», «D'où venez-vous?», «Welcome», «Bienvenue».

Sorrideva, come Alberto, come gli altri volontari.

Io ero frastornato.

Paola mi venne in soccorso.

«Ma ti pare che dopo tutto quello che hanno passato, non le accogliamo almeno con un sorriso? Amunì, va' pigghia 'u thermos e versaci 'u thè alle ragazze».

Sotto la tenda del personale medico erano rimaste le ragazze con i segni della scabbia tra le dita. Erano due. Attendevano il ritorno dell'ambulanza.

Per portarle al Centro, il pullman, che è solo uno, ebbe bisogno di compiere quattro viaggi. Durante l'attesa, le ragazze si appoggiarono al muretto. Qualcuna si sedette a terra.

Mi accorsi solo allora che sul molo non c'era neppure un bagno chimico.

«Ma quando piove?», chiesi a Paola.

«Nni arrusciàmo tutti, noi e loro», mi rispose.

Mio padre era abbarbicato su uno scoglio accanto al cancello di ferro. Aveva montato il nuovo obiettivo sulla macchina fotografica.

Ok, mi dissi, ecco un motivo serio per non scoppiare a piangere.

Non potevo piangere davanti a mio padre.

Manco scannato.

Distribuii merendine e thè.

Quando tutte le ragazze furono trasferite, cominciò lo sbarco degli uomini.

I primi ragazzi che toccarono terra intonarono un canto di ringraziamento, le mani sollevate, la fronte rivolta al cielo dopo avere baciato il suolo. Altri cantavano sottovoce. Qualcuno accennava un ritmo battendo blandamente le mani. Erano circa trecento ed erano stanchissimi. Vestivano per lo più tute e felpe. In pochissimi indossavano il giubbotto. Una dozzina calzava scarpe sportive e sandali, qualcuno era in infradito, qualcun altro aveva ai piedi soltanto i calzettoni di spugna, i più erano scalzi.

«Questi sono belli in carne, a differenza di quelli arrivati l'altro ieri», constatò un volontario della Croce Rossa.

Confusi e silenziosi, andarono a sedersi contro il muretto, cercando il più possibile di ripararsi dal sole.

I volontari continuavano a distribuire thè, merendine e succhi di frutta.

Io dicevo «Welcome» a tutti i ragazzi sbarcati.

Provai a parlare con loro.

«Where do you come from?».

«Niger», «Camerun», «Siria», «Eritrea», «Sudan», «Somalia», «Marocco», «Tunisia», «Nepal».

Il mondo, davvero.

«Aspè, scusa, come Nepal?».

Erano in tre. L'unico visto che gli avevano rilasciato,

nonostante ci fosse un guerra in corso, era stato quello per la Libia. Partiti dal Nepal in barca, raggiunta l'India, avevano preso l'aereo fino a Tripoli e da lì, dopo qualche settimana di carcere, dopo avere pagato la cifra richiesta, si erano imbarcati sul gommone per l'Europa.

In genere, una traversata sul Mediterraneo costa più di 2.000 dollari a testa.

Il traffico degli esseri umani è molto potente ed è parecchio remunerativo.

«It's nice here», constatò il nepalese.

Poteva avere venti, venticinque anni, come i suoi due amici.

«Where are we now?», chiese.

Gli spiegai che ci trovavamo a Lampedusa, il posto più a sud d'Europa.

«We are in Sicily, right now. We are in Italy».

Il ragazzo fece un piccolo inchino per ringraziarmi. Poi ridomandò: «Are we in Europe?».

«Yes, we are. Welcome and good luck».

Accanto, c'era un gruppetto di ragazzi più animato degli altri. Erano marocchini, appena maggiorenni. Tra di loro, un ventenne stupì tutti perché parlava in strettissimo dialetto romano.

«Che ce l'hai 'na sigaretta?».

Chiunque ne fu sorpreso: i volontari, le forze dell'ordine, il personale della Croce Rossa.

«Ma che è? Un migrante che parla in dialetto romano?».

In quel momento desideravo fortissimo che mio padre mi fosse vicino per sentire quella cadenza, quel dialetto, quel modo slabbrato e un po' tronco che hanno i romani nel condurre la frase.

Il ragazzo raccontò che suo padre era in possesso della cittadinanza italiana, come lo zio. I suoi erano emigrati dal

Marocco quando lui era piccolissimo. Era cresciuto nella periferia della Capitale, dove aveva vissuto per quattordici anni. A Roma aveva imparato a leggere e a scrivere.

Era fin troppo evidente, quel ragazzo era romano in tutto e per tutto: nello sguardo, nelle movenze, nella leggerezza mista a ironia nel parlare. Lo era proprio culturalmente: non solo si esprimeva in dialetto, gesticolava in romano. Era il suo linguaggio, la sua struttura di pensiero.

Alberto, il volontario romano, gli chiese di quale quartiere fosse.

«Io so' de Tor Bella, tu?».

«Prati, conosci?».

«E certo, ci ho fatto un rave».

A Roma si era anche sposato. Aveva un figlio che non vedeva da due anni perché da minorenne aveva rubato un portafogli, era stato arrestato e, dopo avere scontato la pena in carcere, a fine processo era stato espulso e rispedito in Marocco.

«E chi lo parlava l'arabo? Io ho sempre parlato italiano, ho fatto qui tutte le scuole. Attorno, tutti mi parlavano in arabo e io nun capivo gnente».

Aveva provato a rientrare in Italia in modo legale, chiedendo soprattutto il ricongiungimento familiare.

«E all'Ambasciata nessuno che risponde, e al Consolato nun c'è mai nessuno. Quei pochi soldi che avevo, li ho spesi tutti in telefonate e in tentativi».

I tempi di attesa erano elefantiaci. Così, si era messo a lavorare come muratore per guadagnarsi il posto su un barcone. Dopo due anni, era riuscito a racimolare la cifra necessaria. Era salpato dalla Libia con i ragazzi che avevamo di fronte.

«Vojo rivedè mi moje e mi fijo».

Fumava la sigaretta che gli era stata offerta da un volontario. Appariva davvero sollevato adesso che si trovava sulla terraferma.

«La barca aveva iniziato a imbarcare acqua già a poche miglia da 'a costa libica. L'acqua c'era arrivata alle ginocchia. Per fortuna ce sò venuti a recuperà. S'aa semo vista davero brutta».

Sorrise, tirò una boccata dalla sigaretta, espirò il fumo.

Di colpo, mutò espressione, scrollando le spalle.

«Se me rimannano via, questa è la vorta che m'empicco davero».

Il pullman tornò per l'ultimo carico, prese su i ragazzi, ripartì verso il Centro.

Il molo Favaloro s'era svuotato.

La cifra totale degli sbarcati fu di 523 persone, piccirìddi compresi.

«Oggi tutto sommato fu uno sbarco tranquillo, solo cinque svenimenti, niente di che».

«Di solito è peggio, Paola?».

«Dipende dalle condizioni con cui affrontano la traversata, Davidù. A volte svengono quasi tutti, sono disidratati e appesi alla vita per un filo, a volte in tantissimi vomitano sulla banchina, e vomitano succhi gastrici, mica altro, così servono braccia per sorreggere e stracci per pulire i visi e i corpi. Dipende. In questi giorni il clima è una meraviglia e a loro il mare gli venne padre».

«Ma 'ste cose che fate voi – il thè caldo, le merendine, una parola di conforto, i pupazzetti viola – se non ci foste voi, non le farebbe nessuno, è vero?».

Paola si limitò a scrollare le spalle mentre andava a raccogliere il sacco nero con dentro i bicchieri di plastica usati e le confezioni delle merendine. Oltre il cancello di ferro, mio padre fissava il mare, la macchina fotografica appesa al collo e le mani in tasca.

Nelle sue fotografie mio padre predilige ritrarre dettagli minimali. La ruggine, per esempio, lo attrae tantissimo, o gli angoli delle abitazioni in cui una singola linea d'ombra separa l'ambiente in due, da una parte la luce del sole filtrata da una finestra socchiusa, dall'altra l'ombra carica di mistero.

Una delle sue serie che amo di più è quella degli scatti alle mollette colorate per stendere i panni, ritratte come ballerine sospese sul filo un attimo prima che il sipario si alzi.

Mio padre è affascinato dalle articolazioni degli spazi e delle linee tra di loro, e ricerca queste intersezioni mentre osserva un paesaggio, l'angolo di una abitazione, il volto di un individuo.

Nel fotografare case diroccate che hanno accanto alberi austeri, spogli ma ancora in vita, gli interessa l'equilibrio che si instaura tra i soggetti in questione e lo spazio vuoto che li circonda.

Ha uno sguardo clinico, da cui consegue la vocazione per il dettaglio minimale capace di creare un mondo a sé. Questa sua inclinazione è sorella della passione che nutre per il poeta inglese T. S. Eliot, teorico del correlativo oggettivo, in cui l'oggetto si carica simbolicamente di senso e diventa altro da sé: una condizione del dolore, della solitudine, della grazia.

C'è qualcosa di liturgico nel suo modo di fotografare. Mi ricorda Cézanne. Fosse stato un pittore, avrebbe dipinto per lo più nature morte.

Per una vita intera papà non ha preso l'aereo. Da

quando è in pensione, ha superato quella paura. Sul vettore per Lampedusa, seduti fianco a fianco, provai a instaurare un dialogo con lui, domandandogli perché avesse iniziato a fotografare. Mi aspettavo poche parole, frasi secche, soggetto, predicato, complemento, senza aggettivi o avverbi. E invece.

«Il mio interesse per la fotografia è nato da un ricordo: mio padre che mi mette in mano la macchina fotografica. Avevo sei anni. Quella macchina la possiedo ancora, è la *Voigtländer Vito C.* Continua a funzionare. Una decina d'anni dopo la morte di mio padre, mi ricordo che ero con tuo fratello Marco quando dissi: mi piacerebbe fotografare questo particolare. Marco aveva una piccola compatta che non gli serviva più e me la regalò».

Improvvisamente, era come se papà non fosse più con me. Si era completamente immerso nella sua memoria, scrutandosi dentro, nominando le correnti nascoste che generavano onde emotive indipendentemente dalla sua volontà.

Parlò di sé e dei propri sentimenti con una spudoratezza che non gli credevo possibile.

Mi disse: «Fotografare per me è come continuare a parlare con mio padre».

Compresi in quell'istante che lui e mio nonno si erano amati molto più di quanto io avessi intuito, più di quanto il loro silenzio avesse lasciato trasparire.

Le parole di mio padre, posate, serene, fiorivano dalla sua bocca.

«Con l'età uno si ritrova a dirsi: "Di quante cose avrei potuto discutere con mio padre". E così, continuando a passeggiare con lui, scatto fotografie, perché la fotografia si fa sostanzialmente a piedi: devi camminare, non è che hai molte altre possibilità. Devi girare, senza cercare niente di particolare, quello che vuoi fotografare ce l'hai già dentro. Così, potrai trovare ciò che cerchi a cento metri da casa o a Berlino al monumento per le vittime dell'Olocausto. E, durante tutto quel camminare, io parlo con mio padre».

Le sue parole erano colori poggiati sulla tela senza sforzo. Allora, per la prima volta, capii chi era mio padre. Era contemporaneamente il mio genitore, il figlio di mio nonno e l'orfano adulto che, dal giorno del lutto in poi, aveva avuto soltanto il rimpianto e la memoria per relazionarsi con il padre.

Ecco perché papà scatta così tante foto di dettagli, pensai, è a suo padre che mostra quei particolari. È questo che mi tocca tanto: c'è la cura assoluta con cui il bambino tiene sul palmo della mano l'oggetto conquistato per mostrarlo al proprio genitore in cambio di una carezza, di una parola d'affetto, di uno sguardo che protegga le spalle, sempre, anche al di là della vita.

Un amore così viscerale da attraversare tutti gli spazi, andando oltre il tempo.

Oltrepassai il cancello di ferro con la scritta «Zona Militare, divieto d'accesso».

«Che dici, papà?».

«Dello sbarco?».

«Sì».

«Onestamente è stato impressionante».

Camminavamo lungo il porto. Lo scirocco s'era alzato definitivamente. Non aveva incontrato ostacoli lungo la corsa che aveva fatto dal Sahara fino a qui per schiaffeggiarci sulle guance con i granelli della sua sabbia.

«Ho visto che hai montato l'obiettivo. Hai scattato qualche foto?».

«No».

Papà procedeva lungo il bordo del molo, trattenendo con la mano destra dietro la schiena l'indice e il medio della sinistra. Non so se io duplicavo quel gesto perché da piccolo l'avevo visto fare a lui o se era un moto spontaneo del mio corpo, ma il mio modo di camminare – ampiezza del passo, dita trattenute, petto in fuori – replicava esattamente il suo.

«Come mai non hai fotografato nulla?».

«Ha ragione Robert Capa quando sostiene, nel caso in questione, che la fotografia non riesce bene se il fotografo non è stato vicino all'evento. E io ero lontano dallo sbarco».

Per inciso, il nostro modo di camminare era identico a quello di nonno Rosario. Tre generazioni diverse, una identica camminata.

«Volevi stare più vicino?».

«Si tratta anche di rispetto, cosa ne sai che non stai compiendo violenza nello scattare una foto a un essere umano in quel preciso contesto? Sono situazioni da valutare standoci dentro. E poi c'è anche dell'altro, prendiamo alcuni esempi di fotografie: "La morte del miliziano" del 1936, o quella bambina colpita dal napalm durante la guerra in Vietnam, o lo scatto con il bambino siriano morto in spiaggia. Come fai a non essere emotivamente coinvolto da queste foto? Poi però ti ritrovi a pensare: ma allora che cosa abbiamo capito? A cosa è servito tutto questo, se lo strazio torna a manifestarsi? La fotografia ti mette di fronte a una realtà – la bambina nuda che grida e piange, il miliziano che muore, il bambino siriano annegato, una delle foto più terribili di sempre, ed è giusto che sia stata scattata e poi pubblicata – che ritrae una realtà lancinante, dolorosissima. E nonostante tutta questa sofferenza mostrata, noi restiamo incapaci di capire quanto sta succedendo. Alla fine, cosa è cambiato?».

Mio padre fissava l'orizzonte. Il mare, scosso dal vento, pareva un campo di battaglia dopo una carneficina. Riprese a parlare. Il ragionamento non era stato ultimato.

«Assistere, anche se da lontano, all'approdo è stato interessante... no, "interessante" è limitativo. È stata un'esperienza potente, vissuta però dall'esterno, dal di qua, ero fisicamente lontano dal molo. Nel vedere un tale numero di persone così cariche di sofferenza, il massimo che si riesce a formulare è: "Certo che deve essere stato pesante, deve essere stato terribile per loro!". Forse, quello che si dovrebbe fare è cercare qualche situazione analoga alla situazione di disperazione delle persone che sbarcano, provando ad avvicinarsi così alla comprensione di ciò che accade, se esiste mai al mondo una analogia possibile che possa aiutare a capire quel senso di smarrimento che ho ravvisato in loro. Per esempio, penso a ciò che per ora sta vivendo lo zio Beppe, con la comparsa di un linfoma, dopo che avevamo già sconfitto un cancro anni fa... non so se mi riesco a spiegare... parlo di quelle situazioni in cui uno griderebbe: "Ma che debbo fare?" e non ottiene risposta».

Mio padre aveva usato suo fratello come metro di paragone per quell'evento.

Ne aveva nominato la malattia.

Restammo in silenzio davanti al mare. Il vento copriva i nostri respiri. Le motovedette della Guardia Costiera, ultimate le operazioni, erano appena scomparse dal nostro orizzonte.

Paola, imbacuccata nel suo giubbotto color panna, parlava con Alberto. Dopo averla ascoltata, il ragazzo romano coi dread venne direttamente da me.

«Paola mi ha raccontato che stai cercando materiale su cosa accade sull'isola. Ti andrebbe di incontrare un sommozzatore?».

«Certamente».

Alberto prese il telefono, compose un numero, attese in linea, parlò brevemente, chiuse la comunicazione.

«A casa mia alle cinque del pomeriggio. Solo voi due, non vuole manco me presente».

Lo ringraziai, mi spiegò dove abitava, ci scambiammo il numero di telefono, ci salutammo.

Salimmo in macchina con Paola che prima passò dal pescivendolo – «Che c'è oggi?», «Tonno favoloso, vivo è», «Amunì, dammìllo» – poi ci portò al Poliambulatorio.

«Il dottore Bartolo si è fatto negli anni tantissimi approdi, quasi tutti», disse Paola. Era comparso anche lui sul molo, a un certo punto, durante le operazioni di sbarco. Lo incontrammo nel suo ufficio.

«Sono più di venti anni che accadono queste tragedie, è mai possibile dovere sempre aspettare il morto?».

Bartolo aveva cominciato così, senza mediazione alcuna. Inforcava un paio di occhiali da vista che teneva sollevati sulla fronte. Anche mio nonno Rosario li portava in questo modo quando si sfirniciava con i rebus de *La settimana enigmistica*. Accostava la pagina vicinissima al viso tenendo gli occhiali sollevati in fronte, che calava giù solo quando scriveva a matita una possibile soluzione. Soltanto allora il nonno distanziava da sé il foglio per contemplare l'esito di quel duello.

Dopo avere lanciato la domanda, anche Bartolo si calò gli occhiali sugli occhi e ci studiò per un tempo brevissimo. Eravamo il suo rebus. Poi risollevò gli occhiali e riprese a parlare:

«Le cose si sanno e si fa finta di non saperle. Ecco perché adesso sto parlando con voi, perché ogni singola voce può servire a sensibilizzare. Noi siamo singole gocce, ma tante gocce possono creare un oceano».

Fece scendere nuovamente gli occhiali sugli occhi e prese a fissarci.

«Scrivetene, andate in giro a raccontare cosa avete visto perché ce n'è bisogno, in Continente non hanno le idee chiare su cosa stia accadendo davvero, ma non intendo cosa accade qui a Lampedusa, quest'isola è soltanto un punto di passaggio, la tappa di una odissea, mi riferisco piuttosto a cosa accade davvero a 'sti poveri cristi che arrivano qui, le atrocità che sono costretti a subire, la mortificazione della loro stessa esistenza, lo svilimento dei sogni e delle speranze».

Pietro Bartolo è un ginecologo, dovrebbe curarsi della vita, delle nascite e delle madri, invece è il medico che probabilmente conta il più alto numero di ispezioni e riconoscimenti cadaverici al mondo, almeno in una zona non di guerra.

«Quante ne ho eseguite? Troppe».

Con le donne è sempre uno strazio.

«Manco all'animali ci fanno le cose che fanno alle donne», fu tutto quel che il dottore riuscì a dire.

Per una donna è sempre peggio.

Gli stupri sono continui e ripetuti, individuali o di gruppo.

Ci sono bambine che arrivano incinte.

Ci sono donne trasformate in giocattoli, usate fino a che non si rompono.

Poi, il dottore parlò del naufragio del 3 ottobre 2013, l'evento spartiacque.

Fu la prima testimonianza che ascoltai sulla tragedia.

Bartolo spiegò che, vista l'enorme quantità di cadaveri recuperati in mare, fu usato l'hangar del vecchio aeroporto per ospitare i morti.

C'erano sacchi neri dappertutto.

«Dio, per favore – pregò quel giorno – fa' che il primo sacco che apro non abbia dentro un bambino, per favore, Dio, ti prego».

Si fece coraggio, inspirò e lo aprì.

«C'era un piccirìddo».

Pietro Bartolo tornò a rivivere lo sconforto di quel passato tremendo. Le mani istintivamente gli tornarono davanti alla bocca, come a tenerla chiusa per impedirle di urlare.

«Era una cosuzza così».

Stava misurando ancora una volta, lì nel suo ufficio, le dimensioni del bambino. Lo indicava più a se stesso che a noi. Il piccirìddo continuava ad apparire ogni singola volta che ci ripensava, ogni singola volta che ne parlava. Le mani del dottore erano ferme nell'indicarne la statura. Non più di quaranta centimetri. Il bambino poteva avere un paio d'anni.

Il dottore raccontò che aveva preso in braccio quella piccola salma sperando in un errore, magari era vivo, magari respirava ancora e c'era un flebile segno di battito cardiaco, una vena che pulsava, un soffio di vita percepibile accostandosi al suo naso. E invece no. Niente. Era morto. Quel bambino era morto per davvero.

Fu il primo cadavere ispezionato della tragedia del 3 ottobre.

«Ma come si fa a lasciare morire una creatura accussì nica? Ma noi, che mandiamo persone sulla Luna, ma dobbiamo davvero lasciare morire accussì le persone? Non possiamo fare nulla per andare a prenderli e portarli qua? Sono o non sono esseri umani? Per quanto deve durare ancora questa vergogna? Come si può lasciare morire in mare una cosuzza accussì nica?».

Un medico legale, chiamata a svolgere le indagini di ispezione e riconoscimento cadaverico su alcuni corpi recuperati in mare, mi aveva spiegato che c'erano fogli su fogli da compilare per sancire che quell'essere umano, con quei tratti somatici, con o senza tatuaggi, con o senza segni particolari, con o senza segni di abuso, era privo di vita.

«Nella compilazione bisogna essere il più precisi possibile nelle risposte, per dare a chi di dovere chiare indicazioni sulla causa del decesso».

Ipotermia.

Denutrizione.

Disidratazione.

Ferite da arma da fuoco.

Percosse.

Il corpo è un diario in cui è possibile leggere cosa è accaduto negli ultimi giorni di vita. La rigidità di alcuni muscoli racconta una forzata privazione dall'acqua. La presenza di poca carne nella gabbia toracica testimonia la mancata alimentazione per lunghi periodi. Nelle lesioni riportate ci sono i segni visibili di una violenza inaudita, patita o prima di salpare, nei carceri libici, o sul barcone stesso, perché a volte alcune persone sono ammazzate a bastonate dagli scafisti davanti a tutti, durante la traversata, come monito, è inutile chiedere acqua, è inutile protestare, pena la morte immediata tramite le botte. Chi viene ucciso sul barcone solitamente viene buttato in mare. A volte, chi osa lamentarsi per le condizioni del viaggio viene lanciato tra le onde, vivo.

«È sempre difficilissimo lavorare sui cadaveri recuperati in mare», mi disse la dottoressa.

«I corpi sono zuppi d'acqua e sale, sembrano spugne. È tutto deformato: il volto, i muscoli, gli organi. La pelle viene via, se non è proprio scomparsa, e a volte sono presenti i segni dei morsi dei pesci. È tutto liscio e gelatinoso. Al tatto, non sembra quasi un essere umano».

Ciò che l'aveva turbata più di ogni altra cosa era avvenuto durante l'ispezione di due salme.

«Due ragazze di meno di vent'anni, come appurammo durante la ricognizione, davvero giovani. Indossavano entrambe tutto quanto doppio: due felpe, due camicie, due paia di jeans, due mutandine, una sull'altra. Era come se si fossero vestite con ogni cosa che possedevano, l'abito e il cambio assieme, per proteggersi dal freddo, certo, ma anche per avere con sé tutto quanto addosso. In una tasca interna, avevano cucito dei fogli con degli indirizzi. Era il loro tesoro, i contatti da chiamare in Europa. Avevano inseguito la speranza di una vita più degna, indossando un doppio vestito come protezione e memoria. Poi, una volta denudate, iniziammo l'indagine».

Erano morte durante la traversata per ipotermia.

Entrambe riportavano i segni di ripetute violenze sessuali.

Fuori dal Poliambulatorio si stava bene al sole, non c'era più bisogno di indossare il giubbotto. Salimmo in macchina. L'abitacolo si era improfumato con il tonno appena accattàto.

Paola attaccò a parlare.

«Essendo forestieri a Lampedusa, per me e per Melo è più facile intrattenere rapporti con altri forestieri, piuttosto che con i lampedusani. Sono diffidenti, i lampedusani. Se non sei nato qui, per loro non potrai capire mai niente, sia dell'isola che della vita in generale. Così, si crea più facilmente una vicinanza, un rapporto, una relazione con chi si trova nella tua stessa condizione: quella di ospite di un luogo che non ti ha dato i natali. In particolare, sin da subito, facemmo amicizia con dei ragazzi che lavoravano all'interno del Centro di Accoglienza per conto di organizzazioni come Croce Rossa, UNHCR, Save the Children. Ci incontrammo per caso, non ricordo neanche come. In quel gruppo c'era anche un amico che faceva il radiologo».

Paola guidava piano, senza fretta. Voleva che quella memoria si ultimasse durante il viaggio, per lasciarla in macchina senza portarsela dentro casa. Si era creata una situazione di quasi silenzio, la macchina avanzava e l'asfalto si sbrecciava sotto le ruote con suono di ghiaia calpestata.

Mio padre parlò all'improvviso.

«Se era radiologo, doveva eseguire le radiografie per stabilire la maggiore età dei ragazzi».

Paola annuì.

Io non avevo capito il perché di quella riflessione e papà mi spiegò che la lunghezza delle ossa è una delle tracce per stabilire l'età di una persona, assieme alla presenza dei peli negli organi sessuali.

«Sì, era una delle consegne del mio amico», confermò Paola. «I maggiorenni seguono una trafila, i minori un'altra», fu l'ultima considerazione che fece sull'argomento, poi accostò la macchina al panificio, scese giù lasciandola addumàta, ritirò al volo il pane ordinato, risalì al posto di guida.

«Spesso cenavamo con gli altri forestieri. Le loro testimonianze furono fondamentali per farmi comprendere cosa accadeva. Fu grazie a loro se mi avvicinai a questa realtà. Ricordo in particolare i racconti che riguardavano le condizioni delle donne giunte a Lampedusa. Una nostra amica ginecologa mi confessò che un pomeriggio visitò proprio qui una donna infibulata e questo la scioccò potentemente. Aveva sì studiato l'infibulazione, ma non aveva mai visto niente del genere dal vivo. Quella fu l'unica volta in cui fu sconvolta da qualcosa, e stiamo parlando di una professionista con più di trent'anni di professione sulle spalle. Quei racconti li ricordo tutti con estrema nitidezza. Le violenze subite in Libia. L'altissima percentuale di stupri. Il sospetto che il gran numero di donne incinte che giungono a Lampedusa sia legato al fatto che, proprio perché incinte, non possano più essere utilizzate. La spiegazione riguardante le ustioni di cui spesso sono vittime proprio le donne. Succede questo: nei gommoni, le donne sono poste al centro, sedute. Non stanno sui tubolari. Sul fondo dei gommoni viene a crearsi sovente una miscela devastante – acqua di mare, benzina e urina – altamente ustionante. Così le donne riportano ustioni gravi e gravissime anche in parti del corpo molto delicate. Le ustioni all'apparato genitale femminile sono una triste costante degli approdi. Le protagoniste di quei racconti erano tutte giovanissime. Credo che nessuna, nessuna in assoluto, se pur debitamente informata, abbia mai scelto di abortire».

Paola parcheggiò. Fuori dal finestrino, il mare, frustato dallo scirocco, era azzurro e trasparente. Ci fosse stato più caldo, ci saremmo tuffati subito, io e papà, e avremmo nuotato, bracciate lente e costanti, fino alla punta della cala, il mare come un abbraccio, l'immersione come un battesimo, la nuotata come un modo per levarsi di dosso il peso del giorno.

Papà decise di andarsi a riposare.

«Nel pomeriggio mi faccio un giro in paese, magari riesco a scattare qualche foto».

«Non pranzi?».

«Non ho molta fame».

«Manco io, al più tardi ci vediamo per cena».

Andai in giro per Lampedusa. Era deserta. Un paese fantasma. Mi sentivo in un western. Lungo la strada principale c'erano soltanto i cani randagi, coricati e assonnati.

Telefonai a Silvia, quel vuoto mi stava mettendo ansia e solo la mia compagna era in grado di aiutarmi a opporre resistenza.

«Ciao».

«Amore, come stai?».

«Sai? La percezione è che qui in paese pare che non arrivi proprio nulla di ciò che accade in mare. Si consuma tutto quanto al molo o dentro al Centro. Eppure, visto che il paese è praticamente deserto, le uniche persone che sembrano abitare Lampedusa sono quelle che indossano una divisa».

«Sì, d'accordo, ma tu come stai?», mi ripeté Silvia.

Tutti gli scuri delle finestre erano chiusi, nessuna attività aperta, solo lo scirocco a dominare lo scenario.

Ma era il mio paesaggio interiore quello che interessava a lei.

«Mi sento svuotato».

All'altro capo del telefono, la sentii respirare, poi sorridere piano.

«Non ti identificare con il paese, tu non sei un paese deserto, tu sei quello che lo sta attraversando, casomai».

Ero stato trapassato da tutto quel vuoto.

«I gatti come stanno?», domandai allora.

Silvia rise.

«Questa è una domandata sensata. Stanno bene, Pepa è sempre una principessa e Soba alterna momenti di dolcezza e di pazzia. Tu?».

«Ora che ti sento, già meglio».

«Ecco, questo è lo spirito giusto. Come va con tuo papà?».

«Bene, adesso credo stia riposando, io invece continuo a firriàre per il paese, tra un po' riprendo a incontrare persone».

«Buon lavoro, allora».

Avevo percorso la via pedonale in un senso, telefonai a zio Beppe mentre la percorrevo nell'altro, con il mare davanti come punto di fuga.

«Beppuzzo, come stai?».

«Daviduzzo! Oggi mi sento un po' stanco, ma ieri mi sono allenato con i pesi. Io lo fotto al tumore. Come va a Lampedusa?».

«È un chiummo ma anche una piuma».

«Sbrigati allora a finire di scrivere il libro, ho tanta voglia di leggerti. Francesco è con te?».

«No, adesso no, sapìddu dove è papà, credo al b&b, io sto in giro da solo, anzi: capace che ora ti chiama e uno a zero per te, zio».

«Magari».

«Che fai adesso? Leggi?».

«No, no, mi vado a stinnicchiàre n'antìcchia. Ci sentiamo più tardi?».

«Certo, zio, buon riposo. Ti chiamo stasera prima di cena, baci».

In paese si sentiva solo il soffio del vento. Gonfiava, si smorzava un attimo illudendo di essere finito, ricominciava a colpire le case e gli scogli.

Con l'indice scorsi la rubrica del telefono. C'era il numero dell'operatore romano, Alberto, che ancora non avevo usato. Mi sentivo così solo che gli telefonai, anche se mancava più di un'ora all'appuntamento con il sommozzatore a casa sua.

Mi rispose subito.

«Sto andando a comprare il pesce. Ti va di accompagnarmi? Ti passo a prendere in macchina».

Alberto risiedeva a Lampedusa da parecchi mesi. Aveva meno di trent'anni e un accento romano presente ma non troppo marcato. Il lungo dread che lo caratterizzava gli terminava ben oltre le scapole.

«Ti ha mai causato problemi?», domandai indicandolo.

«In paese, no. Sul molo una volta sì, anche se mi piace ricordare un bel momento vissuto grazie al mio dread».

Era sbarcato un ragazzo senegalese, anche lui aveva i dread e quando si trovò davanti Alberto che gli offriva del thè caldo, se lo abbracciò chiamandolo «Brother». Parlarono di musica reggae e delle botte che il ragazzo aveva ricevuto in Libia prima di riuscire a imbarcarsi.

A ogni incrocio, nonostante avessimo la precedenza, Alberto si fermava, l'atteggiamento migliore da tenere in un luogo in cui le regole del codice stradale sono più un consiglio che altro.

«E quando fu che il dread ti creò problemi?».

«Era venuto un nuovo funzionario di polizia. Sono le forze di polizia i responsabili dei ragazzi una volta che toccano la terraferma. Quel funzionario causò un sacco di problemi, a noi volontari e non solo, arrivando anche a estrometterci dal molo per qualche settimana. Di me in particolare disse che ero una zecca di merda».

«E poi?».

«E poi, una volta terminato il turno sull'isola, è stato mandato altrove».

Parcheggiamo davanti alla pescheria.

«C'è questo pesce che si trova solo qui, il pesce serra. È strepitoso, vive nei fondali bassi, grigliato è davvero squisito».

Gli ridevano gli occhi mentre me lo diceva.

Il pescivendolo eviscerava il pesce, le triglie sul bancone erano bellissime e io domandai ad Alberto come mai si trovasse a Lampedusa. Mi raccontò che aveva studiato antropologia a Roma, gestione e pianificazione dei servizi sociali a Londra, aveva fatto una esperienza di sei mesi a Torino per conto delle Nazioni Unite e poi, dopo avere ricevuto una proposta di lavoro sul campo, si era trasferito a Lampedusa.

Il pesce era pronto, Alberto pagò e risalimmo in auto.

«Siamo in grande anticipo», disse. Mancavano tre quarti d'ora all'appuntamento. Accese l'auto e riprese a parlare.

«È stato il tuo primo sbarco?».

«Sì».

«Anche per tuo padre, immagino».

«Sì».

«E che mi dici?».

«È stata una esperienza... non so che aggettivo usare: straziante? Impressionante? Potente? Una somma dei tre, ecco».

«Anche per me fu così, il primissimo sbarco cui assistetti fu una esperienza allucinante. Mi sudavano le mani. Ero molto, molto, molto teso: quell'arrivo era una vera e propria follia, dalla Libia a Lampedusa ci sono 240 chilometri! Che delle persone avessero affrontato quel viaggio su un gommone instabile per me era davvero assurdo! Che lo avessero affrontato con poca acqua, poco cibo, con dei bambini a bordo, dopo avere vissuto mesi e mesi dentro dei capannoni in Libia, senza sapere se sarebbero morte in mare, ecco: tutte queste considerazioni, amplificate dal fatto di toccare con mano questa realtà per la prima volta, mi sconvolsero».

Parlò fissando la strada tutto il tempo, guidando piano.

«Avvenne di notte. Ricordo benissimo i lampi gialli riflessi dalle coperte termiche. Quei bagliori erano bellissimi, sembravano stelle emerse dal buio. Fui parecchio colpito dalla naturalezza con la quale le persone attorno a me affrontavano quell'evento. "Ma come, si permettono di scherzare?", pensavo. Di fronte c'era l'ignoto, non si sapeva chi sarebbe venuto, se c'erano dei morti, cosa sarebbe accaduto. Il molo mi sembrava un posto non dico sacro, ma un luogo in cui mantenere un certo comportamento, dove mostrarsi rispettosi. Però la mente funziona così: normalizza, altrimenti si impazzirebbe. Se io mi mettessi a riflettere continuamente sulla brutalità della frontiera, su cosa hanno provato le persone che ho visto sbarcare, banalmente non camperei più. Vivrei malissimo. In più, subentra l'abitudine. A quanti sbarchi avrò partecipato? Duecento? Se si ripete qualcosa duecento volte, prima o poi ci si abituerà. Inoltre, il fatto di abituarsi e, di conseguenza, agire in modo professionale quando arrivano i ragazzi, deriva anche dalla necessità di dimostrare che noi siamo un soggetto affidabile. La situazione sul molo è sempre delicata e, come ti ho detto, ci sono forze che ci vorrebbero espellere».

Parcheggiò, spense l'auto, tolse la chiave dall'accensione ma rimase seduto. Era un ragazzo pacato in ogni gesto: alzare il finestrino, inserire la retromarcia, sorridere.

«Vorrei però sottolinearti il fatto che, normalmente, al molo non viviamo situazioni tragiche, a parte quelle tre, quattro, cinque volte in cui la situazione è stata davvero drammatica. Tutte le altre volte è stata veramente una festa».

«Addirittura?».

«Ho visto le persone appena sbarcate danzare e baciare terra, alcuni pregare, come fanno i mussulmani, sdraiati con la fronte in giù, e altri applaudire e tenere il ritmo con mani e piedi. Ho ricordi bellissimi. Più di una volta è capitato che i ragazzi siano arrivati in porto applaudendo e cantando già dalla motovedetta. È proprio una apparizione stupenda assistere di notte alla motovedetta in festa che arriva dal mare buio. Forse vado oltre, ma quella del molo credo che sia una delle parentesi più felici della vita di questi ragazzi, anche perché quello che vivranno di lì a poco sarà ben diverso. Ma dopo tutto quello che hanno passato, dopo la traversata, ecco finalmente la terraferma. Lì sul molo è una nuova nascita, piena di speranze e di gioia. E tu ti ritrovi a essere la prima persona che li accoglie. Hanno affrontato situazioni terribili, meritano una accoglienza degna. Per quel che mi riguarda, è un privilegio essere lì, perché onori il loro viaggio, il loro coraggio e anche la loro incoscienza, compartecipando per un breve istante al loro percorso».

Alberto non scendeva dalla macchina.

Stava indugiando ancora.

Un brivido mi frustò la schiena, l'intuito mi si era addumàto: era quello un momento polpo?

Ero a mare a Scopello con mio zio Beppe, potevo avere sette anni e mi ero messo in testa che dovevo imparare a pescare il polpo. Mio padre non era ancora in ferie ed era a lavorare in ospedale, mia madre era sì in ferie ma era rimasta a casa con mio fratellino, e poi in ogni caso lei non era proprio cosa di pescare il polpo, così ad andarci di mezzo fu mio zio.

«Amunì, lo porto io Daviduzzo a mare».

«A pescare il polpo, zio».

«Certo».

Impugnavo una canna appuntita e l'acqua mi arrivava al torace. Zio Beppe mi stava accanto. Con la mansuetudine che sempre gli è appartenuta, mi stava spiegando come si caccia il polpo. Era nervoso e cercava di non darlo a vedere. Parlava quasi sottovoce.

«Per stanare il polpo, devi restare immobile, con la canna pronta a colpire. Non muoverti. Il polpo ti verrà incontro. Se gli vai incontro tu e forzi il momento, il polpo scapperà e non lo piglierai mai».

Non so da dove tirò fuori quelle informazioni. Forse aveva un passato da cacciatore di polpi e quella era la prima volta che lo rivelava a qualcuno. Restammo immobili per un tempo lunghissimo. Quando i muscoli del braccio presero a tremarmi e volevo buttare via la canna e nuotare fino alla riva perché la noia mi aveva ormai divorato anche l'anima, in quel momento in cui stavo per abbandonare ogni proposito di caccia, ecco comparire il polpo. Sembrava una macchia in movimento. Nuotava con lentezza. I tentacoli gli si avvicinavano al corpo con disordinata indolenza. Non esisteva null'altro, se non il mare, io, il polpo e lo zio Beppe. Come da previsione, il polpo giunse proprio davanti a me. Zio Beppe si mordeva il labbro e non fiatava, anche se la sua immobilità trasmetteva ansia e disagio. Io però ero troppo concentrato nel diventare un grande cacciatore di polpi. Sarebbe stata l'impresa dell'estate. Strinsi forte la presa sulla canna, respirai e, al momento di scagliare il colpo, il mio braccio non si mosse. Rimasi fermo, la canna in mano e lo sguardo sul polpo che, ignaro di tutto, nuotò fino al largo.

Zio Beppe tirò un bel respiro di sollievo.

«Vabbè, era piccolo», dissi, come a discolparmi.

«Hai fatto non bene, ma benissimo a non colpirlo», replicò zio Beppe.

S'era tutto rilassato e sorrideva.

Uscimmo dal mare.

«Zio, ma com'è che sapevi come si cattura il polpo?».

«Me l'hanno insegnato», rispose Beppe, passandosi la mano tra i capelli già radi sulla sua testa. Poi prese il telo da mare e cominciò ad asciugare i miei.

«E chi te l'ha insegnato?», lo incalzai.

«Tuo padre».

Quando fummo asciutti, rientrammo a casa.

Il momento polpo è quando una storia, se vuole, ti viene incontro, e non c'è bisogno di trafiggerla o di scagliarcisi contro. È necessario starle vicino, quello sì, rispettarne i tempi ed essere pronti ad accoglierla con ogni fibra di se stessi. Tutto qui.

Alberto aveva smesso di impugnare il volante. Si era adagiato con le spalle allo schienale del sedile, rilassando le braccia, socchiudendo le palpebre, massaggiandosi il collo. Dopo un lungo respiro, riaprì gli occhi. Era pronto a parlare.

«Ricordo ancora oggi con angoscia uno sbarco avvenuto di notte a fine agosto. Eravamo andati al molo come al solito, abbastanza tranquilli. Scherzavamo e ridevamo tra di noi. Delle circa duecentoventi persone che sbarcarono, le prime a scendere sul molo, e loro soltanto, erano in buone condizioni. Nessuno poteva immaginarsi quello che sarebbe avvenuto da lì a poco. Una apocalisse in terra. Come se un aereo fosse precipitato e noi fossimo stati i primi soccorritori. Tutti gli altri, circa duecento persone, ancora sulla motovedetta, non erano proprio in grado di camminare. Piangevano. Avevano bruciature e ustioni lungo tutto il corpo. I primi a essere sbarcati furono presi di peso e vennero sistemati nelle barelle e dentro le ambulanze. Ma, subito dopo, in un'isola in cui ci sono tre ambulanze soltanto e sul molo c'erano non più di quattro, cinque barelle, restavano altre centottanta persone che necessitavano di essere curate. E ognuna di loro, in un modo o nell'altro, aveva problemi, dal più grave al meno urgente, laddove il problema meno urgente – me lo ricordo benissimo – era rappresentato da coloro che piangevano senza sosta, urlando: "Ho perso mio fratello", "Ho perso mia moglie", "Ho perso il mio amico". Avevano visto affondare il barcone accanto al loro».

Le frasi di Alberto si erano dilatate. Quando non parlava, le mani gli andavano davanti al viso, come a trattenere qualcosa che non c'era più, un volto, un paio di spalle, una mano.

«Avevo di fronte una donna che piangeva. Gridava: "Ho perso mio figlio, ho perso in mare mio figlio". E lo stava dicendo a me. A me che ero lì davanti a lei. Cosa potevo mai dirle, io? Come potevo mai aiutarla? Non riuscii a dire, non riuscii a fare assolutamente nulla».

Il silenzio era penetrato nel suo racconto. Si era preso il proprio spazio.

«Alcuni di noi scoppiarono a piangere. Era lo sbando più totale. Visto l'enorme numero di feriti, partecipammo tutti quanti alle operazioni di sbarco, non più soltanto chi era addetto. Prendevamo le persone e le adagiavamo direttamente sulla banchina. Una ragazza mi svenne tra le braccia. Già, gli svenimenti. Erano continui. E gli ustionati, davvero, erano gravissimi».

Scavò con le dita dentro la busta del tabacco. Si arrotolò una sigaretta e la appoggiò al centro della busta.

«Finito lo sbarco, prima di tornare a casa me ne andai a mare a Cala Pisana. Mi feci un bagno e mi sentii meglio. Utilizzo spesso il mare per levarmi di dosso l'angoscia. Acqua come purificazione. Sembra retorico ma funziona alla grande. Non c'era nessuno. Era l'alba».

Già da qualche minuto, durante le pause, Alberto aveva cominciato a mordersi l'interno delle guance. In quel frangente, i denti non avevano ancora mollato la presa. Il momento polpo non era finito.

«Un ultimo ricordo. Una settimana dopo quello sbarco terribile ci furono venticinque, trenta morti in mare. Lo sbarco al molo, però, incredibilmente fu tranquillo. Chi arrivò sulla terraferma non era agitato, non riportava ferite, non era sotto shock. Erano tutti contenti. Venne sbarcato anche un ragazzo morto che fu lasciato steso sulla banchina fin dall'inizio delle operazioni – fu il primo a essere trasbordato a terra – senza che nessuno lo coprisse con il telo. È una azione che si vede ripetutamente nei film: c'è una persona morta, la si copre con un lenzuolo. Noi non potevamo intervenire, né onestamente era ed è una azione che io voglio compiere. A mettere un telo su un morto non ci vuole nulla, perché devo andarci io quando esiste del personale preposto anche per questo? Quel ragazzo oggi è sepolto al cimitero. Si chiama Yassin. Sulla sua tomba ancora non c'è il nome. Se non fosse stato per noi che abbiamo raccolto delle informazioni su di lui nel momento dello sbarco, non saremmo mai venuti a conoscenza del suo nome e della sua storia. Yassin aveva una moglie e una figlia in Svezia, legalmente residenti, poteva quindi chiedere il ricongiungimento familiare, invece è morto in mare. Ecco un aspetto su cui riflettere: se queste fossero davvero missioni a carattere umanitario, quando ci sono delle morti si potrebbe pensare di raccogliere informazioni con i sopravvissuti per ricostruire almeno il nome di chi è deceduto. Non viene fatto. Di contro, partono subito le indagini per capire chi è lo scafista, da dove sono partiti. C'è una precisa volontà di Intelligence e manca quella prettamente umanitaria. Così sulla tomba di questo ragazzo non c'è niente, una spalmata di cemento e basta».

Alberto riaprì la busta col tabacco, prese la sigaretta arrotolata e la portò alla bocca.

«È ora, entriamo».

La casa era spartana, come ogni abitazione che si trovi in luoghi prettamente di villeggiatura: al centro della stanza, un tavolo con quattro sedie di vimini, alla parete due mensole per i libri, una vecchissima TV senza telecomando appoggiata su un mobiletto bianco, un piccolo frigorifero, pochissime stoviglie nello scolapiatti.

Bussarono alla porta.

Alberto andò ad aprire.

Il sommozzatore entrò nella stanza.

«Nessuna registrazione» furono le sue prime parole.

Era enorme.

* * *

Ero accanto allo scoglio Testa di Polpo.

Papà mi aveva raggiunto.

Il tramonto era appena cominciato.

«Come è andato l'incontro con il sommozzatore?».

Gli occhi azzurri di mio padre erano fermi, quieti e accoglienti.

Avrei voluto rispondergli: è stato un incontro che mi ha scosso parecchio, papà, per le implicazioni riguardanti la vita e la morte, per i dilemmi assoluti che sono emersi, per l'enorme livello di disturbo da stress post-traumatico che ho percepito in lui. Confrontarsi con un diretto attore dei fatti in questione ha rimesso in discussione ogni cosa: i preconcetti, le categorie, i pensieri stessi. Tanto per cominciare, non avevo proprio idea di cosa accade per davvero.

E avrei continuato così: le definizioni non servono a nulla, non restituiscono la complessità di un evento o di un essere umano. Forse, alla fine, tutto si riduce a un bivio: se c'è una persona che sta affogando nel mare in tempesta, io chi sono? Quello che si tuffa, anche a rischio della propria vita, o colui che, terrorizzato dalla morte, rimane aggrappato alla terraferma?

Questo avrei voluto dirgli.

Mio padre stava lì, in piedi davanti a me, pronto a ricevere ogni mia considerazione, ogni mio sfogo.

Non c'era giudizio nei suoi occhi azzurri.

Calai lo sguardo.

«Bene, papà. È andata bene».

Se non ci eravamo parlati per così tanto tempo non era stata soltanto colpa sua.

Un dialogo si crea in due.

In quella costruzione ero mancato anche io.
Ed ero mancato a lui.
«Tu che hai fatto 'sto pomeriggio?», gli domandai, per evadere da quel silenzio tra noi due che adesso mi risultava insostenibile.
Papà cominciò con il descrivermi il percorso che aveva fatto da Cala Pisana al Porto Vecchio, transitando per il paese.
«È pieno di cani randagi», constatò.
«Gli ho fatto delle foto», continuò.
«Ho sempre desiderato avere un cane», fu la conclusione della sua tramatura di pensieri.
Papà avvicinò a sé il display della macchina digitale e mi mostrò le foto. Erano piene di cani. Coricati sotto la panchina di marmo, quelle bestiole erano la sola forma di vita nell'autunno di un paese altrimenti spettrale. Avevano gli occhi chiusi e il corpo abbandonato a terra. Negli scatti c'era molta profondità, con il mare sullo sfondo come onnipresente punto di fuga. Poi, ecco una delle foto che aspettavo. Era il dettaglio di un occhio di cane. Papà si era avvicinato al randagio per catturarne la pupilla aperta. Al centro della pupilla c'era lui in ginocchio, con la macchina fotografica davanti al viso, colto nell'istante dello scatto. Nella foto successiva, la pupilla del cane guardava verso un angolo in basso, dove c'era il braccio di papà. Con la mano stava accarezzando il cane causandogli una reazione mista di sorpresa e riconoscenza.
«Papà, non ti scantàsti dei cani?».
«No, buoni erano».
Avevo voglia di appoggiare la mia testa sul suo petto ma non lo feci.
Papà mi mostrò le foto successive: dettagli di muri

sbrecciati, ciuffi di malerba emersa dal marciapiede, la ruggine trionfante nello scheletro di una bicicletta lasciata appassire al sole da troppe estati.

Poi, a timpulàta, ecco una nuova sequenza di fotografie.

Non ci potevo credere.

Al centro di quegli scatti c'ero io. Ero io quello ripreso di spalle. Eccomi ciondolare in via Roma, parlare al telefono con Silvia e con zio Beppe, appuntare qualche pensiero, tenermi la testa tra le mani.

Mio padre mi aveva ritratto in silenzio.

Non mi ero accorto di nulla.

Era sempre stato così. In qualche modo, papà non aveva mai smesso di guardarmi le spalle. Come quando avevo imparato ad andare in bicicletta, io che pedalavo per le strade di Palermo e lui che mi seguiva in macchina, a una cinquantina di metri di distanza. È una delle memorie più felici che conservo. Nel mio ricordo eravamo soltanto noi tre: io, lui e la nostra Palermo.

È stato questo per te l'essermi padre? Seguirmi in silenzio mentre cammino tra spine e macerie, senza perdermi di vista?

Se non mi ero mai accorto della sua presenza, era stato perché avevo dato più importanza nella nostra relazione a ciò che mancava, le parole, piuttosto che soppesare ciò che c'era sempre stato, lo sguardo.

Se non era intervenuto, era perché a un certo punto io gli avevo impedito di aiutarmi.

«Papà, perché hai fatto il medico?», gli domandai, tornando a fissare i suoi occhi azzurri, in un tentativo di dialogo che subito giudicai patetico.

A volte edifichiamo muri senza neanche rendercene conto.

Era stata davvero una giornata lunghissima.

Papà invece cominciò contemporaneamente a sorridere e ad arrossire.

«Perché ho fatto il medico?».

Era tutto arrossito, eppure continuava a fissarmi.

«Sì».

Tra l'azzurro dell'iride e il rosso delle guance imporporate, sembrava davvero un ragazzo.

«Per fuggire da quello che avrei voluto fare davvero: lo scrittore».

Il sorriso resisteva sul suo volto, come una liberazione.

L'acqua continuava a frangersi sugli scogli, Cala Pisana era tutta compenetrata dal tramonto, Paola si era appena affacciata comunicando che la cena era pronta, papà si era già voltato e io rimanevo ancora lì, nel vortice dello scirocco, senza difesa, schiantato nel cuore, trapassato dall'imbrunire.

Spesso chiamavo zio Beppe per parlargli di qualcosa che mi aveva colpito.

Era facile parlare con lui.

«Hai presente l'arcipelago delle Pelagie? È formato da tre isole».

«Lampedusa, Linosa e...».

«Lampione, un isolotto disabitato. Il nome viene direttamente dal greco πέλαγος e, cito testualmente, "indica il mare sempre in movimento che con i suoi flutti tormenta incessantemente i lidi". Lo sapevi che questo piccolissimo arcipelago rappresenta il punto di incontro tra due continenti, l'Africa e l'Europa?».

«No».

«Manco io».

Avevo studiato un po' la geologia di Lampedusa e avevo appreso dei fatti che mi avevano intrigato. Sgranavo le informazioni che mi ero appuntato con parsimonia, cercando di costruire un crescendo.

«Linosa è Europa, ha origine vulcanica, infatti è piena di crateri. Lampedusa, invece, non ha origine vulcanica perché appartiene alla placca tettonica africana».

«È Africa?», domandò lo zio con sincero stupore.

Anche lui era rimasto colpito da questa informazione.

Eravamo proprio zio e nipote.

«Sì. Tecnicamente è un rilievo della placca tettonica africana».

«Un altipiano emerso dalle acque», considerò lo zio. «Che bello», aggiunse poi. «L'isola più a sud d'Europa e il continente africano sono lo stesso pezzo di terra».

Era una battaglia navale culturale.

Ad affondare erano le nostre certezze.

«Secondo il modello della tettonica delle placche, la Terra è come se fosse divisa in diversi tasselli di un unico puzzle. Ognuno dei tasselli rappresenta un pezzo di placca tettonica. Questi tasselli sono disposti uno accanto all'altro e si muovono, si allontanano, si avvicinano, si scontrano».

«È come se la Terra fosse viva», disse Beppe.

«Esattamente. In più, ho visto una mappa batimetrica del Mediterraneo, dove sono misurate le profondità del mare. Nel tratto che separa Lampedusa dall'Africa, il fondale è basso, trenta metri per lo più, a volte si arriva fino a cinquanta metri. A nord dell'isola invece, andando verso l'Europa, il fondale crolla di colpo, va giù immediatamente a quattrocento metri, che diventano anche mille e passa. C'è praticamente un burrone tra i due continenti, che però sta scomparendo, perché, come sai, è in atto un avvicinamento inarrestabile: l'Africa e l'Eurasia sono in un regime di compressione. I due continenti si stanno scontrando».

Cadevano gli schemi, crollavano i pregiudizi.

All'altro capo del telefono, sentivo il respiro dello zio ingrossarsi.

«Quando due placche si scontrano, una scorrerà sotto l'altra, sprofondando giù fino al mantello terrestre. Indovina quale è quella in subduzione? La placca euroasiatica. L'Eurasia, fatalmente, finirà sotto l'Africa».

Lo zio emise un verso a metà tra un sorriso e una presa di coscienza. Uno spostamento che dura milioni di anni. Intere ere per sancire una separazione, intere ere per ricucirla. L'uso del tempo del Pianeta non è limitato come quello dell'essere umano. L'inevitabilità ragiona sul lunghissimo periodo.

«Vabbè, volevo condividere con te 'sti fatti».

«Perché?», mi chiese lo zio.

«Perché quanto sta accadendo oggi nel Mediterraneo può essere letto come un semplice anticipo del futuro: ciò che fu separato, sta unendosi. Il movimento, lo spostamento, la migrazione appartengono alla vita stessa del Pianeta. Migrano gli uccelli e migrano i pesci, si muovono i mari e si spostano le mandrie e i continenti. Succederà. Sta già accadendo. L'Africa arriverà e si adagerà sull'Europa e su ciò che ne resta».

«Come un lenzuolo», disse Beppuzzo.

«O come un sudario» fu la mia chiosa.

Ci salutammo.

«Daviduzzo, sono proprio stanco, scusami».

Non credevo che il solo parlare al telefono potesse sfiancarlo fino a questo punto.

«Stai tranquillo, zio. E buon riposo».

Erano questi gli effetti della chemio?

Quando chiudemmo la chiamata, restai un po' con il telefono in mano, titubante. C'era qualcosa che non mi tornava. Poi, tutto d'un tratto, realizzai che lo zio non mi aveva chiesto il perché mi avesse colpito lo scontro tra i continenti, ma perché avessi sentito il bisogno di condividere quelle specifiche informazioni proprio con lui.

Rimasi seduto ancora un po', domandandomi se zio Beppe rivolgeva quelle stesse domande anche a mio padre.

* * *

Avevo sentito per la prima volta il nome Lampedusa da piccirìddo. Per alcuni mesi mia madre ci si era recata per conto dell'ospedale, per lavorare con i bambini che mostravano gravi difficoltà d'apprendimento. Quando partiva, papà portava me e mio fratello – a quel tempo eravamo solo due dei quattro figli che saremmo stati – a pranzo e a cena al ristorante di fronte casa e tutti i pomeriggi li trascorrevamo al cinema a vedere i film di fantascienza. In quel periodo sviluppai il concetto di «isola di isola». Noi eravamo la Sicilia, e Lampedusa, pur mantenendo la peculiarità propria delle isole, la solitudine data dall'essere circondati dal mare, ne era un frammento, un satellite lontano che gravita nell'orbita della casa madre, come le Eolie, come le Egadi, come i faraglioni di Scopello. Isola di isola. Mia madre poi me l'aveva confermato: a Lampedusa parlavano la nostra stessa lingua, mangiavano i nostri cibi, usavano le stesse nostre male parole. Al rientro dai suoi viaggi, ne magnificava di continuo la bellezza aspra.

«Non c'è un albero manco a pagarlo ed è scura, scura, scura».

Indugiava spesso nella descrizione del mare.

«È commovente».

Nelle sue parole era l'idea platonica della trasparenza.

Trenta e passa anni dopo, quando Lampedusa era diventata un simbolo nell'immaginario globale, mia madre recuperò nella memoria un tassello di quel periodo lavorativo.

«C'era 'sto bambino che, tra gli altri, mi aveva profondamente colpita. Aveva lo sguardo acutissimo ed era riottoso allo studio. "A che mi sèrbi studiàri?", rispondeva sempre con sprezzo, immobile davanti al foglio aperto e alla matita temperata. Non gli interessava affatto imparare a leggere e scrivere, si rifiutava addirittura di impugnarla, la matita. Quel bambino voleva soltanto andarsene a pescare con il padre e con il nonno».

Era andata a trovarlo a casa e aveva scoperto che suonava benissimo la chitarra. Glielo aveva insegnato lo zio. Mia madre, dopo aver parlamentato con il preside e con gli insegnanti della scuola, convinse tutti i docenti e quel bambino a sposare questo compromesso: il piccirìddo avrebbe fatto lezione di chitarra ai compagni, insegnando loro accordi e note, e in cambio avrebbe provato a scrivere. Un *do ut des*: lui sapeva suonare, gli altri erano in grado di scrivere e tra amici è giusto insegnarsi le cose a vicenda.

Nei pomeriggi passati assieme, quel bambino aveva raccontato a mia madre delle mattinate che trascorreva abbarbicato sullo scoglio, provando a catturare il granchio a mani nude, confidandole i pensieri che gli passavano per la testa durante l'attesa del crostaceo. L'orizzonte, per esempio, per lui era una linea di terra e sabbia, e quindi a nord di Lampedusa quella linea era la Sicilia mentre a sud era l'Africa intera. Le disse poi che in futuro avrebbe posseduto una barca e l'avrebbe battezzata *Cernia*, come la regina dei pesci, e sarebbe andato a pescare ogni santo giorno, tranne nei fine settimana, quelli si trascorrono in famiglia con moglie e figli, e durante la battuta di pesca, a mezzogiorno, quando i pesci sono svegli perché vedono le reti, ecco, lui se ne sarebbe andato a dormire sulla terraferma, perché i sogni fatti in mare si perdono nella notte, e si sarebbe coricato in qualche spiaggia, ora in Sicilia, ora in Africa, a seconda del vento e delle correnti, e prima di addormentarsi avrebbe sempre guardato in direzione di casa sua, Lampedusa, che era un bottone che univa sul mare due continenti diversi.

* * *

La prima volta fu nell'estate del '91. I miei genitori erano partiti con i miei fratelli per una vacanza sulle Dolomiti, io volevo fare un po' di mare ed ero rimasto da solo a Palermo. Qualcuno tra i miei amici si era ricordato di avere a Lampedusa un cugino con una casa a suo dire accogliente e così, senza stare troppo a pensarci, riempiendo gli zaini con maschere, teli da mare e confezioni da sei di birra in lattina, in nove ore scarse avevamo raggiunto Porto Empedocle in Vespa da Palermo. Ci imbarcammo la notte e approdammo la mattina a Lampedusa. Ricordo pochissimo di quel viaggio. La percezione netta di trovarmi in una estensione della Sicilia, ma era una Sicilia ferma a trenta anni prima, come doveva essere stata al tempo dei miei genitori, quando mamma vestiva gonne a fiori e papà portava gli occhiali da vista con la montatura nera. La casa in cui soggiornammo era piccola e per niente accogliente. Dormimmo in sette per terra, con i sacchi a pelo tutti aperti e i cuscini sparpagliati sul pavimento. Avevamo diciassette anni e la muscolatura della schiena era ancora parecchio elastica, proprio come quella del cuore: si soffriva il dolore dell'abbandono, si incrociava uno sguardo compiacente e il dolore era già scomparso, via dai lombi e via dal petto. Fece caldissimo. «Minchia ma ùnne siamo, in Africa?», ripetevamo spesso, ridendo sistematicamente a quella battuta.

Il vento, quando gonfiava, esplodeva dentro la testa.

«Mizzica, ma che è?».

«Libeccio, disse ddu pescatore».

«Da dove viene?».

«Libeccio, Libia».

«È micidiale».

Non era vento. Era una ostentazione di potere. Soltanto sott'acqua si riusciva a scampare a quella dittatura.

Mangiammo pane e olive per tre giorni, l'unico pasto che potevamo permetterci. Cercammo ripetutamente un posto dove ballare senza trovarlo. Nessuna barca ci portò a circumnavigare l'isola perché erano tutte impegnate a pescare al largo. Fallimmo miseramente ogni approccio con l'altro sesso.

«Che fa, rientriamo? A Mondello si abborda di più!».

«Amunì».

Non c'era stato tra me e l'isola un innamoramento a prima vista. Partii senza sapere quando e se ci sarei tornato, il portellone della nave si chiudeva alle mie spalle e io non mi ero neanche voltato indietro, non un arrivederci, nessun saluto romantico, leggevo l'ultimo numero di *Dylan Dog* e canticchiavo *Have you ever been (to Electric Ladyland)* per darmi un tono. Divorato dall'ansia per l'esame di maturità l'estate seguente e dal terrore di restare solo per l'intera mia esistenza, volevo soltanto trovare un paio di labbra rosse per cui struggermi e desideravo con tutto me stesso scrivere una grande canzone di protesta con un vibrante assolo di chitarra elettrica. Quella tre giorni si limitò a una spunta nella cartina mentale dei luoghi siciliani: Lampedusa, vista, avanti il prossimo.

Palermo, in quella estate del '91, era una belva feroce,

pronta a scannare per un parcheggio o per una taliàta di troppo.

Presa a calci, aveva i nervi a pezzi.

Anche se era già in ginocchio, graffiava chiunque.

Mia madre, al telefono, ripeteva le solite cose da madre: «Le Dolomiti sono bellissime, sono tutti vestiti da tirolesi, l'erba sembra un lago da quanta è. Tu, piuttosto, stai attento quando vai in giro. Ti stai lavando? Casa è pulita? Stai mangiando? I piatti li sciacqui o quando torniamo devo trovare l'inferno?».

Di colpo, un cambio improvviso.

«Aspè che ti passo tuo padre».

Dovette cogliere di sorpresa anche lui, visto che restammo entrambi muti per i primi venti secondi, ascoltando il nostro reciproco respiro.

Alla fine, il nostro dialogo andò in scena.

«Ciao papà».

«Ciao».

«Come va sulle Dolomiti?».

«È montagna».

«Io sono stato a Lampedusa».

«Com'è?».

«È mare».

«Bello, allora».

«Magari un giorno ti ci porto».

«Magari, sì».

«Allora ciao».

«Ciao».

Quando non sapevamo cosa dire al telefono, mi ero accorto che io e papà assumevamo la medesima postura fisica: la mano sinistra in tasca, le piante dei piedi ben salde a terra, il corpo che ondeggiava nervosamente avanti e indietro, la mano destra intenta a stritolare la cornetta come a implorarle di chiudere lei stessa la comunicazione. Le emozioni si trasferivano nei nostri corpi, in maniera identica. Anche a lui, esattamente come a me, il respiro doveva saltare nel momento in cui sopraggiungeva l'angoscia, un colpo al costato, una contrazione all'altezza delle scapole e, subito dopo, l'esplodere di un mal di testa impossibile da gestire senza un antidolorifico. Eravamo due pagine distinte vergate dalla medesima grafia. Era questo l'essere padre e figlio? Il duplicare nel corpo le emozioni e il soccombere a esse?

* * *

Continuavo a tornare a Lampedusa.

Zio Beppe non c'era mai stato.

Nuotare qui gli piacerebbe un fottìo, pensavo mentre fissavo Cala Pisana, ripromettendomi che, proprio come con mio padre, una volta mi sarei portato anche lui sull'isola.

«Un giorno ci veniamo assieme», gli avevo detto al telefono, con tono fanfaronesco.

«Quando guarisco», aveva risposto lui, riportandomi con due sole parole alla realtà.

* * *

Avevo assistito a più di venti approdi.

Uno era durato da mezzanotte all'una e quaranta. Mi trovavo sulla parte più alta del molo Favaloro con un ufficiale della Guardia Costiera.

Mi disse: «Dopo anni, ci accade qualcosa di simile alla pelle esposta al sole. Quando si indurisce, diventa una corazza. Ma è quello che si ha dentro ciò che importa davvero. Parliamo di pietas, di esseri umani, di un tentativo disperato di ridurre il numero delle morti in mare fino a zero. Una battaglia folle, la nostra, come quella di Don Chisciotte. Però la combattiamo ogni santo giorno».

La motovedetta accostò, ormeggiò, le operazioni di sbarco sulla terraferma ebbero inizio.

Aggiunse: «Non c'è niente di più bello che vedere arrivare i bambini, vivi».

Avvolta in una coperta, una piccirìdda di neanche due anni. La teneva in braccio il sommozzatore gigante che avevo incontrato a casa di Alberto. La piccola non piangeva, era serena, dormiva.

Poi iniziarono a sbarcare le ragazze.

Erano quasi tutte nigeriane, giovanissime.

Potevano avere dai dodici ai quindici anni.

Erano duecentotrentasette.

* * *

Febbraio aveva reso plumbea l'intera giornata.

C'era quasi freddo a Cala Pisana.

La sera si stava impossessando dell'orizzonte.

Presi il telefono e composi il numero, mentre attendevo che uno tra Paola e Melo si affacciasse per dirmi che la cena era pronta.

«Ciao papà».

«Ehi, come stai?».

«Arrìere a Lampedusa sono».

La posizione sullo scacchiere del mondo come unica risposta possibile.

Io sono una geografia.

Ho lo stato d'animo dell'isola.

Era tutto così sfocato.
Per iniziare a fare ordine nei pensieri, avevo bisogno di un innesco.
In testa mi rimbombava l'urlo del maestrale.
Da solo non ce l'avrei fatta.
Quando ero piccirìddo, ero stato punto da tre vespe sulla scapola sinistra. Mamma mi stringeva la mano, io mordevo il cuscino e papà scippava fuori i pungiglioni, usando ago e coltello.
Anche in quell'inverno lampedusano papà fu necessario perché fossero estratte le nuove spine che mi angustiavano.
Mi chiese: «Chi hai incontrato oggi?».
Da solo non ero in grado di salvarmi.
Così mi arresi al gorgo, nominando la prima immagine che mi venne in mente, senza mediazioni, senza elaborazioni, nonostante provassi vergogna perché diceva di me molto più di quanto volessi lasciare trasparire.
«Papà, ho conosciuto un samurai».

Aveva quarantaquattro anni. Comandante della Guardia Costiera, guidava una motovedetta classe 300. La sua quotidianità e quella del resto dell'equipaggio era facilmente riassumibile: uscire in mare a ogni ora del giorno e della notte, con qualsiasi condizione meteo, non appena giungeva una richiesta di soccorso. Quando non stava in mare, assieme ai suoi uomini si allenava sulla terraferma.
Mi disse: «L'allenamento aiuta ad affrontare la vita. A sostenere la fatica. A sopportare la sofferenza. Ci addestriamo per tormentarci il meno possibile. Il nostro tormento è tutto per le persone che non riusciamo a salvare».

Era un fascio di nervi.
Da ventisei anni svolgeva questo mestiere.
«Abbiamo potenziato il lavoro specifico per il petto e per le spalle, inserendo esercizi mirati nell'allenamento. Durante i recuperi, le persone cadute in mare non riescono più a muovere le gambe, sono rimaste immobili sul barcone per troppe ore nella medesima posizione. Sono sfiancate, disidratate, a volte svenute. Una mattina ne abbiamo tirato su mille e trecento, con la sola forza delle braccia, una dopo l'altra, un corpo per volta. Durò ore».
La pelle era inscurita dalla continua esposizione al sole.
Sulla fronte campeggiavano rughe sottili, come solchi scavati dal vento.
Aveva un portamento regale da nobile guerriero.
È un samurai, pensai.
Un samurai al comando di una motovedetta in aperto Mediterraneo.

«Come si chiama?», domandò papà al telefono.
«Giuseppe», risposi di rimando.
«Come lo zio», disse papà, prima di consegnarsi a un silenzio emotivamente importante, spudoratamente narrativo. Nel chiamare suo fratello «lo zio», mio padre mi conferiva un ruolo – quello del nipote – nella loro relazione fraterna, e al contempo frapponeva un po' di distanza tra sé e lui. Mio padre era davvero preoccupatissimo per il tumore che aveva invaso il corpo di Beppe. L'unica volta in cui l'avevo visto così in apprensione fu quando avevo quattordici anni appena compiuti e stavo morendo per una broncopolmonite con reazione allergica. Quel pomeriggio di aprile arrivai a oltre 41 di febbre. Deliravo. Non controllavo più la muscolatura. Mamma

e papà immediatamente mi spogliarono nudo, cospargendomi il corpo di alcool. Funzionò. La temperatura si abbassò e io non morii. Di quei giorni serbo soltanto due ricordi. Nel primo c'è mia madre che mi imbocca, ero così debilitato da non riuscire neanche a sollevare le braccia. Mangiai un paio di spicchi d'arancia. Nella seconda memoria c'è mio padre: mi sta regalando un cd, *Miramare* di De Gregori e, nel porgermelo, la mano gli trema. Nei suoi occhi azzurri domina una angoscia palpabile. Anche la sua postura del corpo è diversa dal solito: a lunghe pause di immobilità si alternano rapidi movimenti a scatto. Il pericolo che morissi era scampato ma la paura gli si era ormai instillata tra le costole, acuendosi a ogni respiro, erodendo le certezze, sgretolando le illusioni, confinandolo in quel violentissimo segmento della vita in cui si comprende per davvero che a volte muoiono anche gli affetti più cari.

Il samurai era padre di due bambini, un maschietto e una femminuccia. Sua moglie era nuovamente incinta: una coppia di gemelli.

«Quando sono a mare mi sconnetto, allontanandomi da tutto. Preferisco non pensare. In questo contesto, se pensi alla famiglia diventi debole. Praticare sport aiuta tantissimo, permette di resettare. Mi scollego finché non rimaniamo io e il mio obiettivo: salvare le persone».

Non mutava posizione fisica. La schiena diritta, le braccia conserte.

«I primi anni eravamo proprio spartani. Prendevamo tutti a mani nude. Oggi operiamo con tute, mascherine, guanti. Ci sono regole necessarie, una su tutte: prima di iniziare il trasbordo, la situazione deve essere sotto controllo. Le persone vorrebbero salire tutte quante assieme, nel medesimo istante. Si spingono, si strattonano, si sporgono. Rischiano di fare rovesciare l'imbarcazione. In più, oltre al numero visibile in superficie, questi scafi sono strapieni anche in stiva. Ecco perché un membro dell'equipaggio salta sul barcone e coordina le operazioni: per una persona imbarcata dal ponte, una deve uscire dalla stiva. È assolutamente prioritario che l'assetto già precario del barcone venga mantenuto il più stabile possibile. Spesso, non appena salgono sulla motovedetta, si verificano gli svenimenti. Sono persone sfibrate, non ce la fanno proprio più. Quando ti vedono, cercano di sopravvivere fino alla fine, sparandosi l'ultima adrenalina che possiedono in corpo. Poi, una volta a bordo, hanno il tracollo. Ne abbiamo rianimati assai sulla motovedetta...».

Non mutava il tono della voce né il ritmo del respiro nel petto. Era come se avesse allenato anche la gabbia toracica a contenere tutta l'angoscia.

«Capita che i barconi si rovescino. Affondano in pochissimo tempo. A volte il mare è pieno di corpi già al momento del nostro arrivo. A volte i corpi tra le onde sono vivi. A volte no. Tutto si riduce a una questione di tempo, di velocità, di buona sorte. Quando un corpo va giù, ora lo vedi sbracciarsi, ora non lo vedi più. È un niente».

Se il mio silenzio al telefono si faceva troppo lungo, mio padre annuiva sonoramente. Me lo immaginavo seduto in poltrona, in salone, al buio eppure con gli occhi chiusi. Sentivo che aveva mille domande in testa ma le tratteneva perché io non avevo ancora finito. Però io ero stanco, avevo bisogno di una pausa, avevo bisogno che altrove ardesse la fiamma dell'ansia.

«Hai sentito zio Beppe?», gli chiesi.

«Sì».

«Quando?».

«Settimana scorsa».

«E come t'è sembrato?».

«Che stava un po' meglio».

«Perché non lo chiami?», insistetti.

Papà era in un vicolo cieco.

«Lo so, ragione hai».

E lasciò che fosse il silenzio a dire ciò che la sua voce non riusciva a esprimere. Chiamava suo fratello così di rado perché temeva tantissimo la possibilità, abbastanza concreta, di ricevere brutte notizie. Nonostante non abitassero nella stessa città e neanche nella stessa regione – papà vive a Palermo, zio Beppe dall'altra parte dello Stretto, a Reggio Calabria, in «Continente», come diciamo noi isolani di chi sta in un altrove che isola non è – mio padre preferiva restare arroccato nel proprio scranno di silenzio, usandolo come argine alla paura della morte. Se non arrivano brutte notizie è perché tutto sta andando bene, recita l'adagio popolare. Papà ne aveva fatto un credo. Quel silenzio era bambagia e scudo, speranza e preghiera.

«Però se lo chiami, zio Beppe è felice», insistetti.

«Hai ragione», ripeté. La sua risposta era una semplice, un po' avvilita, constatazione.

Il maestrale ruggiva, il mare davanti si ingrossava, presto sarebbe stato buio.

Calano sempre prima le tenebre dell'inverno.

«In uno degli ultimi recuperi, quando siamo giunti sul posto, le persone erano già tutte quante in mare. Ecco l'ennesima tragedia, pensai. Era uno scenario troppo simile ad altri che avevo vissuto. Con la seconda unità subito abbiamo lanciato in acqua i mezzi collettivi di salvataggio, zattere, giubbotti e salvagenti, dove era concentrato il maggior numero di persone. Gli abbiamo detto di restare calmi, ci stavamo per allontanare ma saremmo tornati a recuperarli il prima possibile. Quel momento è sempre terribile. Non appena vedono che ti allontani, il panico li divora. Si agitano. Rischiano di affogare. Ma non potevamo restare fermi là. Abbiamo ripreso a navigare verso le estremità del naufragio, noi in una direzione, l'altra unità in quella opposta. C'erano persone sparse in mare per un raggio di tre miglia sullo specchio acqueo».

Ecco il senso della parabola della pecorella smarrita, pensavo. Confidare che il gregge non affoghi mentre si prova a recuperare chi è stato portato via dalla corrente. C'era tutto il catechismo che avevo studiato da bambino in quelle parole. Scalciava nella mia testa e nel mio petto perché questo era un esempio concreto. La parabola, finalmente, si era fatta carne. Stava tutta qui, nella fatica compiuta dai muscoli per recuperare i corpi, nello scrupolo con cui si scrutano le onde per non perdere di vista neanche una vita, nello sforzo di mantenere calmi i nervi per trarre in salvo chi si è perduto in mare.

«Abbiamo iniziato a tirare su le persone, a una a una, accentrandoci dalle due estremità, fino a ritrovarci nel punto in cui avevamo lanciato le prime zattere. Li abbiamo recuperati tutti. Tutti quanti. Erano centocinquantasei. Purtroppo, uno non siamo riusciti a salvarlo. Abbiamo anche eseguito il massaggio cardiaco a bordo ma ormai, evidentemente, aveva perduto ogni residuo di forza».

La conta dei vivi e la conta dei morti.

L'origine del tormento, la causa della battaglia.

«Una mattina abbiamo preso dal mare un ragazzo che non respirava più. Il cuore non gli batteva. Anche il medico lo dava per morto. Uno dei miei ragazzi, quello che materialmente l'aveva recuperato in mare, sosteneva di avere avvertito un battito nel polso, flebile, quasi impercettibile. Ha cominciato a praticargli il massaggio cardiaco. Non so cosa gli sia scattato in testa, ma ha praticato quel massaggio cardiaco per venti minuti di fila, in mezzo al mare, al rientro da un soccorso in cui avevamo recuperato vive centocinquantotto persone su centocinquantanove e l'unico che sembrava non avercela fatta era proprio la persona che lui stava tentando di rianimare, contro ogni logica. Venti minuti ininterrotti di massaggio cardiaco. Un tempo enorme. Io non so proprio da dove il mio ragazzo abbia recuperato le energie per insistere così a lungo. Eravamo tutti stravolti. E sai cosa? Ha funzionato. È riuscito a riprenderlo. Quell'uomo dato per morto si è rianimato. Il cuore è tornato a pulsare. Nessuno riusciva a crederci. Il giudizio del medico di bordo fu: "L'ha risuscitato"».

Il samurai sorrise, eppure tutto ciò che io vedevo era il pastore che pensava al gregge e si struggeva per quell'unica pecora smarrita.

«C'è qualcosa che mi ha tanto turbato, papà».

Il respiro di mio padre era mutato di colpo. Aveva ripreso a respirare da medico. Sciolse la prognosi sotto forma di domanda.

«Secondo te soffre di stress post-traumatico?».

«No», risposi subito.

«Non lo so», mi corressi.

«Forse sì, credo di sì», ritrattai.

Non ne avevo idea.
«Le sue parole erano spiragli sull'abisso. Era come se mi fossi trovato di fronte al reduce di una guerra. E quel corpo allenato, quegli occhi immobili erano una testimonianza fisica della battaglia ancora in corso, oltre l'orizzonte, dove si consuma una carneficina senza sosta. Aveva scritti addosso i suoni e gli odori della guerra. Non so come dirlo meglio, papà, scusami».
«Non c'è niente di cui tu ti debba scusare».
Mi sedetti sul muretto della veranda e mi presi la testa nella mano destra. Col palmo premevo contro il bulbo oculare. Espirai sonoramente, con profonda lentezza. Poi inspirai per un tempo ancora più lungo.
«Credo che il mio turbamento sia stato provocato dalla quantità di morte che ho letto sul suo viso. È un testimone diretto della parte buia della storia. Lui e i suoi colleghi combattono ogni giorno, ma non contro il mare o contro il tempo, no. È una sfida contro la morte stessa. E questo scontro non può che segnarti il viso, la pelle, il respiro, lo sguardo».
«Che sentimento ti ha ispirato?».
«Rispetto e gratitudine, papà. Avevo voglia di abbracciarlo. Non l'ho fatto. Mi dispiace».

Al Comandante della Capitaneria di Porto avevo chiesto quale fosse stato il momento più difficile vissuto a Lampedusa. Mi aspettavo una storia carica di tragedia ed eroismo, con l'apocalisse in mare come scenario.
«Quando è venuto a mancare uno dei nostri per malattia», fu la sua risposta.
Raccontò di tutti i tentativi compiuti perché il collega ricevesse le cure migliori, della ricerca degli specialisti, dei giorni di ferie spesi per andare a visitarlo in ospedale,

dello strazio per gli ultimi giorni della malattia, del dolore inconsolabile dei parenti, dello sgomento in tutto il gruppo.

«Non era proprio immaginabile che potesse morire. Era un ragazzo di cuore, sempre allegro. Era uno dei nostri».

Lo spirito di corpo lo si ritrova soprattutto tra coloro che vivono esperienze emotivamente squassanti come la guerra. I soldati ricordano l'eccezionalità dei rapporti nati e cresciuti sotto le armi. Si formano in un tempo brevissimo. Sono luminosi come una fiammata. In occasioni straordinarie sbocciano legami straordinari. E, in qualche modo, in un modo distorto ma non per questo meno reale, i soldati restano legati alla guerra o, meglio, a quella particolare, feroce condizione che fa giungere alla propria massima intensità il legame con le persone del proprio gruppo. Un terribile amore per la guerra, in cui si sviluppa uno spirito di fratellanza inscalfibile, rinsaldato dal fatto concreto che ci si salva la pelle a vicenda. Sono sentimenti che possiedono una tale carica, una tale potenza che, a volte, non è proprio possibile eguagliarli nel corso della vita. Così, tutta l'esistenza che viene dopo la guerra può non bastare a rivivere l'intensità di quelle emozioni.

Non è solo l'amore a sancire i legami.

Anche la violenza li crea.

Πόλεμος di tutte le cose è padre.

Gli equipaggi lavorano sul visibile, prima che il corpo sia inghiottito dalle acque. Abituati a salvare le vite, quando uno di loro – un salvatore – muore per una malattia, ci si deve arrendere all'evidenza che si è impotenti contro ciò che è invisibile. Tutti gli allenamenti del mondo a volte non sono sufficienti. La malattia striscia sotto la superficie. Si prende il corpo da dentro, come un peso interiore che trascina a fondo, inesorabilmente.

In una teologia della materia, cosa può salvarti se è la materia stessa a mangiarti la vita?

È questa impotenza che prova il medico quando muore un paziente, quando fallisce una cura, quando torna ad ammalarsi di tumore un fratello nonostante avesse già sconfitto un cancro?

Si assiste impotenti al naufragio, ed è come se l'acqua entrasse dentro pure a te.

Il samurai disse: «Raccontare aiuta, sicuramente, anche solo per liberarsi di tutto ciò che ci si porta dentro. Io però, sinceramente, non lo faccio mai. Neanche con mia moglie. Angosciare pure lei non sarebbe giusto. Lei mi ripete sempre: "Non mi parli mai di quello che ti succede al lavoro", ma io preferisco mantenerla estranea. Oddio, mi piace che i bambini sappiano che lavoro fa il padre, per loro è anche motivo di orgoglio, ne parlano a scuola con i compagni quando sentono le notizie al telegiornale. Io però non aggiungo altro. Tra colleghi facciamo sempre un briefing dopo il soccorso, per capire se si poteva migliorare qualcosa. Discutiamo dell'evento in sé e per sé. Non andiamo oltre, evitiamo. Ora che la macchina s'è completata, a settembre ci sarà il ricambio del personale, io finirò la mia esperienza qui, verranno altri. Vado via lasciando una famiglia, i ragazzi con cui ho vissuto assieme 24 ore su 24. Ciò che abbiamo affrontato ha rinsaldato i nostri legami ancora di più».

Il samurai mutò posizione. Si girò a fissare il mare. Eravamo giunti all'ultimo capitolo, quello in cui il guerriero mostra il petto e svela quale sia davvero il campo in cui infuria la battaglia.

«Solo una volta ho avuto un attimo di debolezza. Il 3 ottobre ero nella prima barca uscita in mare non appena ricevuto l'allarme. Dopo il recupero dei vivi, abbiamo tirato su i cadaveri che galleggiavano. Una settimana dopo, l'11 ottobre, si verificò un altro naufragio, al largo. Medesima situazione, medesimo strazio: hai recuperato tante persone morte e ti risuccede di nuovo, dopo una settimana, dopo che credevi di avere visto tutto. E invece ti trovi a rivivere la stessa scena».

L'allenamento, lo spirito di corpo, l'orgoglio non servivano più.

Il petto era scoperto.

Cuore mio, cuore mio, quanti strali ancora dovranno trafiggerti?

«Quelli che andammo a prendere l'11 ottobre in mare aperto erano siriani... c'era una bambina in mare... tale e quale a mia figlia... galleggiava nell'acqua... la presi in braccio... era identica... in quell'istante mi ritrovai a vivere quella situazione... era uguale alla mia bambina... il taglio di capelli... gli stessi lineamenti... mi turbò tantissimo... rimasi bloccato un paio di minuti... era uguale a mia figlia... mi sforzo di non pensarci più... mai più...».

Il sole aveva iniziato a tramontare lungo la linea d'orizzonte.

«Che farai lontano da qui?».

«Starò vicino alla mia famiglia. Navigherò davanti casa».

«Non riesci proprio a starci lontano».

«È il mio lavoro, ma non solo. Ho proprio un enorme rispetto del mare. Le cose più belle che ho visto in vita mia sono il tramonto e l'alba in mare, luci così intense che ti fanno apprezzare ancora di più il nostro mestiere. A volte mi dico: ecco uno dei motivi per cui l'ho fatto, per conservare nella memoria queste fotografie che mi rimangono dentro attraverso il tempo».

Al momento del congedo, feci un piccolo inchino del capo, come si usa in Giappone. È così che si salutano i guerrieri.

Su Cala Pisana era sceso il buio.

Il cielo era oscurato dalle nubi.

Non si vedeva nessun riflesso di stella.

Non c'erano lampare in mare.

Nessuna luce davanti agli occhi.

«Hai fatto bene a farlo parlare».

La constatazione di mio padre mi colse di sorpresa.

«Dici?».

«Sì».

Era uno spiraglio, una corda lanciata, un modo di chiedere: «Fa' parlare anche me».

Avrebbe voluto usare me, figlio, come un padre, o come un fratello maggiore. Ma attorno a me c'era il buio dell'inverno e io ero a pezzi.

«Papà, è comparso Melo in veranda, la cena è pronta».

Mio padre restò in silenzio diversi secondi, troppi per fare partire una seconda richiesta d'aiuto.

Il respiro gli era mutato di nuovo.

Tra sistole e diastole, era tornata l'ansia.

«Allora ciao».

Indugiammo ancora un po', in silenzio, con i telefoni in mano, ognuno di fronte al proprio vuoto, come due imbarcazioni che di notte in alto mare si sono soltanto sfiorate, per poi proseguire il viaggio in solitaria.

C'è una foto di mio padre che amo in modo particolare. Sono ritratti, uno accanto all'altro, sulla sommità di una salita, un rudere e un albero, forse un leccio, forse un perastro. È uno scatto in bianco e nero. Il cielo, indifferente alle vicende terrene, è un immobile fondale attraversato da cirri che si sfibrano, simili a nervosi tagli sulla tela. Più in basso, appena oltre l'orlo del crinale, bianche nubi sparse creano una illusione di vertigine. A un primo sguardo, sembra che lo scatto sia stato conquistato a vette elevate, ma è un piccolo triangolo scuro in basso a destra a svelare la presenza del mare appena sotto, rivelando così che siamo in collina. I punti di maggiore intensità della foto sono la chioma dell'albero e la piccola finestrella del rudere.

In questo scenario immobile, come immobile è la Sicilia, il mondo, la vita stessa, il rudere e l'albero si ritrovano vicini, compagni di scena.

Avevo mostrato la foto a Silvia.

«È potente».

«Mi fa pensare al mio rapporto con papà», dissi.

«Certo», rispose lei. E poi mi spiazzò. «Tu e tuo padre avete imparato a farvi compagnia in silenzio, esattamente come l'albero e il rudere. Pensa che bello adesso che tuo papà usa le fotografie e tu adoperi le parole scritte: avete gli strumenti per farvi ombra e ripararvi a vicenda, appoggiandovi finalmente l'uno all'altro. E, magari, continuando così, riuscirete pure a parlarvi, come personalmente io credo già avvenga tra l'albero e il rudere, lontano da occhi indiscreti».

Paola aveva cucinato gamberoni e triglie.

«Sei spitittàto».

«Si vede tanto?».

«Solitamente ti scòfani la qualunque».
La luna aveva cominciato a squarciare le nubi, spazzate via dal maestrale. Non sono infinite, le nubi. Prima o poi finiscono sempre. La luna era rossa fuori dalla finestra, e caldo il suo riflesso sulla porzione di mare della cala.
Paola sorrideva mentre si addumàva la sigaretta.
«Sai quando cominciai davvero a capire cosa stava succedendo, Davidù? Fu grazie a un curdo sbarcato sull'isola. T'u ricordi, Melo?».
«Minchia, indimenticabile, troppo sapurìto era», rispose Melo, prima di bersi in un unico sorso un intero bicchiere di birra.
«Poteva avere una quarantina d'anni, era professore di qualche materia scientifica, chimica forse, non ricordo bene 'sto particolare. Era venuto a bersi un caffè qui da noi. Ridevamo e scherzavamo, un po' in inglese, un po' in francese. A un certo punto il curdo ci raccontò una barzelletta. Ascoltarla fu come aprire gli occhi: nonostante tutto – il carcere in Libia, la traversata allucinante che aveva affrontato durata giorni e giorni, la famiglia abbandonata a casa – ecco, il fatto che ci stesse raccontando una barzelletta mi fece capire che queste persone non erano astrazioni o titoli di giornali, erano proprio esseri umani. So che può sembrare una forzatura, ma non lo è, credimi. So anche che non ci faccio una bella figura, ma ci è voluta una barzelletta per farmi realizzare che c'era un racconto tutto sbagliato su cosa stava accadendo».
Melo aveva guadagnato il divano, mentre la sigaretta si stava consumando tra le dita di Paola. Una lunga colonna di cenere crollò sul posacenere, frantumandosi all'impatto.

«Prima io ero portata a vedere soltanto il loro carico di sofferenza, i corpi smagriti, i lividi, le cicatrici, gli occhi impauriti. Guardavo queste persone da un piedistallo, capisci? Da una posizione per cui loro, proprio perché qui ricevono aiuto, sono e saranno sempre in difetto. E invece in quel momento, durante la barzelletta, iniziai a intuire la profondità delle storie di ogni singola persona transitata qui. Certo, mica potevo capire il dolore di quelle esperienze, ma avevo appena compreso che era ed è un errore gigantesco trattarli in maniera così ottusamente paternalista. C'è altro, oltre la disperazione. C'è la voglia di riscatto e di una vita migliore, ci sono le canzoni e i giochi, i desideri di alcuni cibi in particolare e la voglia di scherzare con gli altri. E comunque, la barzelletta è chìsta cca. Un curdo muore e viene mandato all'Inferno. Lì passa il tempo a piangere. Arriva un angelo e gli chiede: "Curdo, perché piangi?". Il curdo risponde: "Non voglio stare qui". L'angelo decide di intervenire: "Va bene, vieni con me". E porta con sé il curdo in Paradiso. Lì, manco il tempo di sistemarsi e il curdo ricomincia a piangere, disperato, senza smetterla più. Si presenta allora il buon Dio in persona. "Curdo, perché piangi?", domanda. E il curdo risponde: "Non voglio stare qui". E Dio gli dice: "Non va bene neanche il Paradiso? E dove vuoi andare?". E il curdo risponde: "In Germania"».

C'è una espressione nel mio dialetto, «calare 'u scuro 'mpetto», che indica un particolare stato d'animo: quando lo sconforto cala dall'alto e si impossessa di tutta una persona. Nel dialetto palermitano il petto è una zona corporea abbastanza allargata, va dalla gola alle braccia fin giù, sotto lo stomaco. È la prima parte di un essere umano a impattare con i casi dell'esistenza. È nel petto che accadono le emozioni della vita. C'è il cuore, per esempio, che si secca. «Mi siccò 'u cori» è quando si scopre qualcosa di così doloroso da azzerare l'essenza stessa della vita, l'acqua, che cessa di sgorgare a quelle latitudini. Quando cala lo scuro in petto, ogni aspetto dell'esistenza si ritrova a essere prigioniero di tenebre profonde e aride. Immersi in quel buio, non si crede ci sia possibilità alcuna di redenzione, assente all'orizzonte la cometa che indichi la via di fuga da quella sofferenza.

E poi esiste il moto contrario, quando lo scuro va via perché «'a tavola d'u petto si gràpe», la tavola del petto si apre e si «gràpe puru 'u cori», si apre pure il cuore, scardinandosi la gabbia toracica mentre il costato si allarga in un abbraccio, per fare entrare la luce e l'aria, perché la felicità è tale soltanto se è libera.

La barzelletta del curdo cominciò a diradare le mie tenebre.

«Amunì, Davidù», disse Melo, «non ci scassare la minchia e beviti un sorso di birra con me».

Mi affascinava tantissimo questo suo interagire senza filtri, senza calcolare le conseguenze. Ero stanco della matematica nelle relazioni umane.

L'ultima volta che ero stato loro ospite a Cala Pisana, la stanza sull'altro versante del patio era occupata da una coppia in vacanza, lui cieco dai primissimi anni di vita, lei era riuscita a vedere fino al compimento dei dieci anni. Avevano dei computer con cui interagivano tramite il riconoscimento vocale.

Io, fino a quel momento, non credevo che i ciechi andassero in vacanza da soli.

Melo ascoltava i loro racconti a bocca aperta. Per tre giorni li lasciò parlare, senza fiatare mai. Poi, durante la colazione, gli rivolse una domanda diretta:

«Ma voi sognate?».

Aveva rimuginato quella domanda per giorni.

«Sì», risposero marito e moglie in coro, ridendo, contenti che non ci fosse imbarazzo.

«E cosa sognate?», insistette Melo.

La coppia diede assieme anche la nuova risposta.

«Sogniamo suoni, odori, sensazioni tattili».

Grazie alla sfrontatezza di Melo mi si spalancarono davanti prospettive che non avevo mai immaginato, in cui il sogno è una melodia, è l'odore del tronco d'ulivo conosciuto nell'infanzia, è la morbidezza della seta lungo la curva della schiena, è il sapore di ciliegia di un bacio che si credeva perduto.

Paola aveva appena messo sul fuoco la caffettiera della sera.

«Quando torni qua con tuo padre?».

«Perché, io da solo non basto?».

«No, tuo padre è meglio», risposero in coro lei e Melo, sghignazzando.

«Presto, presto, forse porto anche mio zio».

Ancora non potevo saperlo, ma con papà saremmo tornati a Cala Pisana undici mesi dopo quel nostro primo e, fino ad allora, unico viaggio assieme, per la ricorrenza del 3 ottobre, quando in mare si continuava a morire e il linfoma di zio Beppe s'era aggravato.

«Come l'hai trovata la dottoressa del Cisom?», chiese Melo, rompendo gli indugi. Cisom è l'acronimo di Corpo Italiano di Soccorso dell'Ordine di Malta, l'organo di volontariato a ordinamento civile che a Lampedusa si occupa di offrire supporto medico sulle imbarcazioni della Guardia Costiera e della Marina Militare, per prestare i primi soccorsi già in mare.

«Era turbata. Come chiunque altro sto incontrando. Come chiunque risiede sull'isola. Come siete turbati anche voi».

Paola si alzò per spegnere la caffettiera, portandola a centro tavola, Melo finì la birra bevendola direttamente dalla bottiglia. Il tinello era accogliente, avevo la cala davanti, il profumo di salsedine riempiva l'aria e mi mancava mio padre.

La dottoressa si chiamava Gabriella. Aveva meno di trent'anni, l'aria spigliata, i modi gentili e una tragedia da lasciarsi alle spalle.

«A bordo delle motovedette noi del personale Cisom siamo in due, un medico e un infermiere. Se non ci sono feriti gravi, visioniamo prima i bambini, poi le donne, infine gli uomini. Molto spesso troviamo donne incinte. In un recupero erano tantissime, una dozzina almeno, dal secondo all'ottavo mese di gravidanza».

La maggior parte di quelle gravidanze è frutto di stupri.

È sempre peggio essere donna, dalla parte sbagliata della frontiera.

«Gli uomini solitamente hanno contusioni, slogature, fratture causate dalle torture subite nei carceri libici. Alcuni riportano segni di ferita da arma da fuoco. Visitammo un ragazzo con la stampella, ferito da un proiettile alla gamba. Si vedevano con chiarezza i segni del foro d'ingresso e di quello d'uscita. Le gambe sono le parti più colpite da armi da fuoco, ma è capitato di visitare ragazzi con analoghe ferite nelle spalle e nelle braccia».

Melo si alzò, prese due birre, le stappò entrambe e me ne posizionò una davanti.

Paola disse: «Sono sempre più convinta che per i medici imbarcati nelle missioni sul Mediterraneo le condizioni di lavoro siano simili a quelle di un campo in una zona di guerra».

«Tu sei circondato dai medici», fu la considerazione di Melo. «Tuo padre, tua madre, tuo zio», aggiunse.

«Cardiologo, neuropsichiatra infantile, nefrologo», risposi. Fin da piccolo mi sentivo protetto da quella costante presenza di dottori.

«Perché non hai fatto il medico?».

«E che bisogno c'era? Erano ovunque attorno a me».

Nulla poteva accadermi, tutto sarebbe stato diagnosticato in tempo, tutto sarebbe stato curato. Forse anche per questo avevo così difficoltà a comprendere il turbamento di mio padre per il linfoma di zio Beppe. Aveva già avuto un tumore e l'aveva sconfitto alla grandissima, vaffanculo cancro, tu non vincerai mai contro noi Enia.

Gabriella disse: «Era una domenica mattina di febbraio. Non ci aspettavamo una chiamata, il mare era forza sette e non erano state notificate partenze di imbarcazioni. Eravamo a pranzo, dopo essere state a Messa, invitate dal personale del gruppo Cisom di Lampedusa, assieme ad alcuni uomini della Capitaneria di Porto e al Comandante della Guardia di Finanza. A fine pranzo, il Comandante del Circomare di Lampedusa ricevette la chiamata: c'era un target da soccorrere a 130 miglia da Lampedusa. Era lontanissimo ed erano già le tre del pomeriggio. Dovevamo correre con un mare in condizioni terribili. Io ero sia preoccupata che elettrizzata, quella era la mia prima uscita. Fin dalla partenza qualche membro dell'equipaggio iniziò a stare male, vomitando. Il mare era agitatissimo, le onde erano enormi. Durante il viaggio, anche altri ragazzi dell'equipaggio stettero male. Vomitarono anche loro. Io li guardavo e pensavo: ma come è possibile che loro stiano così? Io che non sono abituata sto reagendo benissimo! Ho provato a fornire delle indicazioni di massima sulla migliore postura da mantenere per ridurre il malessere, consigliando l'assunzione di acqua e integratori. Mi sono offerta di fare delle punture, anche se, con quel mare in tempesta, i movimenti della motovedetta risultavano imprevedibili e si correva il serio rischio di fare male all'interessato. Durante la navigazione scoprii anche che il Comandante aveva la febbre molto alta. Non l'avevo saputo all'inizio della missione perché quando ero entrata in cabina era già sopra ai comandi».

Paola accendeva e spegneva l'accendino in continuazione. Il pacchetto rimaneva coricato sul tavolo. Non era ancora il momento della nuova sigaretta.

Melo aveva appena finito di bere un sorso di birra.

«Il Mediterraneo, quando è in tempesta, è un mare particolarmente difficile per questo tipo di missioni», valutò.

«Ce lo spiegò Simone, quando tornò dall'Oceano», continuò Paola.

Quella estate era andata così: finita la stagione, Melo aveva convinto Simone a tentare la traversata oceanica come membro dell'equipaggio di una imbarcazione a vela.

«Al rientro dall'avventura, Simone era felicissimo. Ci confidò che in quelle due settimane aveva compreso una enorme differenza tra l'Oceano e il Mediterraneo. Qui da noi il soccorso in mare aperto è più complesso perché, nel tratto tra Lampedusa e l'Africa, il fondale è decisamente più basso di quello oceanico. Nell'Atlantico le onde sono altissime e durano decine e decine di secondi, le vedi arrivare con grande anticipo e le cavalchi. Il tempo legato all'onda è parecchio dilatato. Da noi, invece, le onde si abbattono una appresso all'altra, senza sosta, come tanti pugni che colpiscono lo scafo, ripetutamente, da ogni altezza, in un saliscendi continuo. La Guardia Costiera esce in condizioni di mare davvero allucinanti, ma allucinanti in senso assoluto, non per modo di dire».

Questa considerazione mi confermava ciò che in paese mi avevano riferito tutti quanti: la Guardia Costiera esce sempre, con qualsiasi condizione di mare. Il samurai, quando gli avevo riportato quel coro unanime riguardo il loro lavoro, mi aveva risposto: «C'è quel film con Kevin Costner, *The Guardian*, in cui a un certo punto un personaggio dice: "Quando arriva la tempesta e tutti rientrano in porto, la Guardia Costiera esce". È vero». E aveva accompagnato quella citazione con una risata, rilassando finalmente la muscolatura delle spalle e le linee della fronte. Io avevo riso con lui e me lo ero immaginato a casa sua, davanti a quel film in TV con i figli accanto, ad accennare loro delle uscite in mare aperto, quando intorno la tempesta infuria e le onde sono alte nove metri, un po' minimizzandole, un po' rimpiangendole.

Gabriella disse: «Intorno alle dieci di sera arrivammo al target ma non riuscivamo a vederlo. Tutto era buio.

Nell'oscurità si riusciva a scorgere soltanto l'altra motovedetta, che come noi girava in lungo e in largo, e in fondo il rimorchiatore delle piattaforme petrolifere, una struttura immane, enorme. Durante la ricerca tutte le luci di posizione erano accese, le onde erano ancora molto alte e tutto era nero. Nero il cielo, nero il mare. La luna, invece, era enorme e bellissima. Una luna piena e africana. Alla fine li trovammo. Erano su un gommone. Il sommozzatore e i membri dell'equipaggio cominciarono le manovre di recupero. Sul gommone però avevano iniziato a muoversi tutti quanti. Gesticolavano. Volevano salire a bordo subito. Si agitavano. Noi del Cisom partiamo indossando la nostra divisa: una maglietta bianca con scritto "Medico" o "Infermiere Cisom", il pantalone blu impermeabile, scarpe da ginnastica e, quando saliamo sulla motovedetta, una tuta bianca in polietilene, piacevole da indossare d'inverno, d'estate un po' meno. La tuta ha un cappuccio e, siccome io ero incappucciata, mi resi conto che questo forse poteva impaurire quei ragazzi. Mi tolsi il cappuccio, anche per mostrare loro che ero una donna, e mi misi a urlare: "Quiet! We are here to help you!". Uno di loro capì e, traducendo il messaggio, fece partire il passaparola sul gommone. Appena si calmarono, piano piano cominciarono a essere imbarcati, uno alla volta. Erano tutti uomini, centoquattro persone su un unico gommone. Nella prua del gommone c'era scritto a pennarello il numero 3. Dovevano esserci stati altri due gommoni in mare. La notizia che avevamo ricevuto indicava infatti la presenza di tre gommoni, non di uno soltanto. Gli altri due non li abbiamo trovati».

Paola si versò un po' d'acqua.

Io accarezzavo il collo della bottiglia di birra.

Chissà come avrei interagito con Gabriella se fossi stato un medico.

Chissà che domande le avrebbe rivolto mio papà.

«C'è un aspetto che mi ha colpito».

Melo stava pensando a voce alta, guardando Cala Pisana fuori dalla finestra.

«La prima esperienza di morte è stata affrontata per sottrazione, non per presenza».

I due gommoni che mancavano alla conta.

La morte come evocazione.

Nella cultura occidentale, l'immagine certifica la realtà dell'esistente: un accadimento, una rivoluzione, un decesso sono in qualche modo maggiorati se catturati dallo sguardo. Ciò che non è visto è in qualche modo depotenziato proprio dal suo non essere stato oggetto di visione. La cultura orale ha ceduto il passo a quella della visione.

Però l'invisibile lavora sottotraccia, lontano dalla vista, scavando nei recessi più intimi.

L'anticipo della tragedia si consuma nel silenzio, con una assenza. Ciò che viene a mancare, oltre a rendere incompleto il disegno, apre il varco alla frattura. Ed è esattamente in quel vuoto che irrompe la morte.

«Sulla nostra motovedetta sono saliti in cinquantotto, gli altri quarantasei furono imbarcati sull'altro mezzo. Io ero a prua, l'infermiere a poppa. Li abbiamo controllati uno per uno. Erano ragazzi molto giovani, il più grande poteva avere massimo trent'anni, tutti quanti scalzi e bagnati fradici. Abbiamo dato loro una coperta termica a testa. Oltre a queste, avevamo a disposizione degli hot pack, pacchi simili al ghiaccio secco che non appena si rompono diventano caldi. Abbiamo distribuito quelli che avevamo in dotazione. Purtroppo il numero non fu sufficiente per tutti. Chi non l'aveva ricevuto, si stringeva alla coperta termica. C'era freddissimo. Una volta che assieme all'infermiere abbiamo appurato che ogni singolo ragazzo stava bene, ho parlato un po' con chi era seduto lungo una delle fiancate della motovedetta, chiedendo loro da dove venivano. Mali, Guinea, Gambia, un po' da tutta l'Africa. Dicevano di stare bene, anche se erano in mare da sette giorni e non mangiavano da due settimane. Mi sono spostata nell'altro laterale della motovedetta, a parlare con gli altri ragazzi. "Da dove venite?". Gli ho mostrato il ciondolo della mia collanina, che raffigura l'Africa. Un ragazzo, indicandolo, mi ha risposto con il nome della sua città, che però non conoscevo. Era giunto il momento di ripartire. Prima di entrare in cabina, ho detto loro, in inglese: "Ragazzi, adesso il viaggio sarà un po' lungo e difficile, però non vi preoccupate perché voi siete forti e ce la farete". E sono entrata in cabina. E poi...».

Scoppiò a piangere.
Era un pianto covato a lungo.
Stava dietro tutte quelle parole.
Ne era l'ombra.
L'origine del Calvario.
Sotto la cenere del tempo, ardono le braci del rimorso.

«Ci abbiamo impiegato tantissimo a raggiungere Lampedusa. Sono state le ore più lunghe della mia vita. Fuori c'era un freddo inimmaginabile, onde di sette metri, vento forza otto e questi ragazzi stavano congelando e non potevano entrare in cabina. Dentro, i membri dell'equipaggio continuavano a stare male e a vomitare. Ho cercato di mettermi in una posizione di sicurezza, da medico dovevo intervenire se qualcuno si aggravava. Ricordo questa scena: il portellone della cabina era ancora aperto e cominciarono a sporgersi dentro delle teste. Le contai. Erano dieci. I ragazzi volevano entrare perché stavano patendo il freddo. Chiesi: "Perché non li facciamo entrare, almeno alcuni?". Mi fu risposto: "Non è possibile, può esserci un ammutinamento". Il portellone venne chiuso. Ma fuori si gelava, c'era la pioggia, c'era il vento, c'era di tutto e di più. I ragazzi si coalizzarono e provarono a forzare la porta. Un ragazzo fuori dal portellone ripeteva che era stato operato. "Operated! Operated!", gridava, "Operated!". Non diceva nient'altro. Il sommozzatore e un membro dell'equipaggio cercarono di richiudere il portellone, sforzandosi di non fare male alle loro mani, ormai entrate dallo spiraglio aperto. Uno dell'equipaggio si arrabbiò e gridò contro i ragazzi, intimandogli di restare fuori. Quelle urla mi sconvolsero. Dopo, a mente fredda, capii che quella reazione di rabbia proveniva dalla frustrazione di non poterli aiutare al meglio. Eravamo tutti in uno stato di emergenza, l'intera situazione era durissima. Era lo sfogo contro un intero sistema violento di cui anche loro stessi erano vittime. Il portellone venne richiuso. Le ore passavano, i membri dell'equipaggio stavano ancora male, le onde ci sbattevano su e giù, fuori continuava a esserci un freddo tremendo. Il Comandante si informò con il Comandante dell'altra motovedetta, che gli rispose che nella sua motovedetta erano già stati fatti entrare i ragazzi in cabina, a turno. Anche il nostro Comandante decise di operare così. Fu stabilita una turnazione ed entrarono in cabina sei ragazzi, stretti l'uno accanto all'altro. Era il numero massimo che riusciva a starci. Intorno alle tre di notte, il macchinista uscì fuori, passando direttamente da dentro il vano macchina. Quando tornò, le sue parole furono: “Ci sono almeno quattro o cinque morti fuori, a prua”. Mi crollò tutto. Ero un medico, ero là per aiutarli e riportarli sani e salvi e non ero riuscita a fare nulla per loro. Il sommozzatore disse: “Vado fuori a controllare in che condizioni sono”. Loro hanno in dotazione un gancio per ancorarsi al mezzo, evitando così di venire sbalzati fuori dalla motovedetta. Al rientro, confermò che non c’era nulla da fare, non rispondevano più, erano proprio morti. Intorno alle due del pomeriggio, il macchinista riferì che c’erano altri morti ancora. Mi sentii ancora più inutile e impotente. Arrivammo a Lampedusa intorno alle cinque del pomeriggio. Erano morti ventinove ragazzi».

«Durante il viaggio di ritorno avevo cercato continuamente di farmi forza. Di restare sveglia. Bevevo acqua. Non vomitai nulla. Io non ho mai vomitato. Però la mia lucidità andava e veniva. Ero attraversata da pensieri estremi. Per infondermi forza e coraggio pensavo a un prato verde. E mi sentivo in colpa, perché gli altri erano fuori a patire il freddo mentre io mi sforzavo di visualizzare questa immagine. Pregai dall’inizio alla fine. Appena attraccammo, mi alzai dalla mia postazione, cercando di recuperare le forze, tutte quelle che mi restavano. Subito fuori dalla cabina, vidi il ragazzo che aveva gridato “Operated!”. Era riverso a terra, con la testa vicino alla scaletta... immobile... accanto ce ne erano altri... tantissimi... uno sull’altro... nudi, come in un film che ho visto sul campo di Auschwitz, *Il figlio di Saul*... la maggior parte era senza vestiti... i pantaloni abbassati, la maglietta alzata... i genitali al vento... supini e proni... mucchi di corpi... Un ragazzo sulla prua riconobbe tra i cadaveri un conoscente, forse un familiare. Guardandolo, si bloccò e si mise a piangere. Non voleva allontanarsi da lui. Aveva una espressione così triste, come se non volesse più salvarsi. Scesi dalla motovedetta. Sul molo Favaloro mi venne incontro una dottoressa che conoscevo. Ricordo che mi resi conto di essere sbarcata quando mi chiamò per nome, "Gabriella". Fu come se in quel momento mi fossi risvegliata da un incubo. "Che cosa è successo?", mi chiese. Lei mi parlava spesso del concetto di "nuda vita" in Agamben. "Guarda, là c'è la nuda vita, tu me ne hai parlato tanto... Ecco, quelli sono corpi, sono esclusivamente corpi". Mi venne incontro un operatore del Centro di Accoglienza per rincuorarmi. Gli dissi: "Era la mia prima uscita e guarda cos'è successo...". Accompagnarono me e l'infermiere su un'altra nave, più grande della motovedetta. Lì ci offrirono thè caldo e ci fecero riprendere, non bevevamo e non mangiavamo da un giorno. Dall'oblò guardavo i corpi morti sul molo, coperti da un telo verde. Finalmente trovai la forza per piangere».

«Non è sempre così, quando parlerai con altre persone ti diranno che la loro esperienza è stata diversa. Io mi chiedo ancora perché questo evento sia capitato proprio a me. Però ci sto lavorando su. Ci sono stati altri trasbordi che abbiamo eseguito in seguito. Fortunatamente stavano tutti bene... le donne incinte... i bambini... è andato tutto bene... le condizioni climatiche erano decisamente migliori».

«In pochi hanno capito il dolore che mi porto dentro tuttora. Ventinove morti. La metà dei cinquantotto saliti nella nostra motovedetta. Non erano quattro, non erano cinque, non erano sei. Erano ventinove. Ogni giorno è una perdita».

* * *

Si era creata sull'isola una di quelle pause benedette in cui non si percepiva più l'urlo del maestrale.

«Tutto passa, i venti, l'inverno, le camurrìe», disse Melo.

«È bello il suono della risacca», considerai.

«Il mare fa compagnia sempre, anche quando c'è troppo freddo per nuotarci dentro», aggiunse Paola.

«Minchia, ma che addiventammo? La scuola di filosofia?», disse Melo stinnicchiandosi sul divano, portando l'avambraccio sulla fronte.

Il tempo di irisìnne a letto si avvicinava.

I muscoli della mia schiena, in tensione fino ad allora, finalmente si rilassarono.

«Sapete, poco prima di tornare qui, di pomeriggio ho parlato n'antìcchia con un membro dell'equipaggio delle motovedette. Mi ha mostrato un video girato a bordo con il cellulare, immediatamente dopo un soccorso. A poppa c'erano i ragazzi recuperati da poco, tutti maschi. Erano un centinaio. Mi aveva raccontato che li trovarono di prima mattina tutti su un unico gommone e quando furono intercettati l'acqua già gli arrivava all'inguine. Le sue parole precise furono: 'na para di minuti e li perdevamo per sempre. Nel video, che dura una trentina di secondi scarsi, la scena è apparentemente assurda, perché ci troviamo sulla motovedetta che naviga in mare aperto per tornare a Lampedusa, a poppa ci sono tutti 'sti ragazzi che hanno rischiato di morire e in sottofondo si sente chiara e forte in presa diretta una musica latinoamericana. In pratica, il macchinista era andato in cabina di comando e aveva appoggiato all'interfono acceso un cellulare in cui era registrata 'sta canzone latinoamericana, diffondendola così sul ponte. Al centro dell'inquadratura c'è il membro dell'equipaggio con cui avevo parlato, di spalle, con tutti i ragazzi davanti, impegnato a coordinare una coreografia di danza, proprio come un animatore da villaggio turistico, muovendo a tempo braccia e mani, a destra e sinistra, in alto e in basso. E i ragazzi appena soccorsi replicano quelle mosse e ballano, ridono e cantano. Ho trovato questo piccolo video commovente. C'era una tale purezza in quella manifestazione di gioia, e un tale tatto nel farli ballare che ero rimasto senza parole. Certo, quei ragazzi stavano bene ed erano in grado di muoversi, ovvio, ma era fin troppo evidente che avevano un disperato bisogno di sfogarsi, scacciando via la paura accumulata per la morte sfiorata per 'na para di minuti».

«Mi fa pensare al piccirìddo della fiaba che dice: "Il re è nudo"», disse Paola. «Troppo spesso si parla degli esseri umani come numeri o statistiche, invece le persone sono molto di più, custodiscono speranze e preghiere, inquietudini e tormenti, così battere il ritmo con i piedi su uno scafo in mare aperto e stringere i pugni contro il cielo è non solo giusto, ma anche e soprattutto umano».

«E per una volta, per una para di minuti, a essere fottuta è stata la morte. A 'sto giro, la nera signora suca», sintetizzò Melo.

Paola si addumò la sigaretta, lasciando l'accendino poggiato in piedi vicino al posacenere.

«Parti domani?», mi chiese.

«Sì, ho il primo volo, quello alle sei e venti del mattino».

Guardavo il mare. Non riuscivo più a togliermi dalla mente che, da qualche parte, un barcone era salpato e una nuova battaglia stava per consumarsi, lontano dagli occhi di tutti, appena oltre l'orizzonte.

Melo si alzò dal divano.

«Ma un bello limoncello per seppellire 'sta giornata non ce lo dobbiamo pigliare? Alla facciazza della morte. C'è pure un buonissimo liquore al finocchietto selvatico, fatto da Paola».

«Amunì, prendo quello».

Melo portò a tavola le bottiglie di alcolici.

«Il finocchietto è stato tutto raccolto qui», ci tenne a puntualizzare.

Crescono pochissime piante a Lampedusa, era quello il valore aggiunto.

Me lo versai senza berlo, lasciandolo acclimatare dentro al bicchiere.

Restammo seduti, ascoltando il suono della risacca, mentre la notte entrava nella stanza.

* * *

«Perché non vai a trovare tuo zio?».

Silvia me l'aveva chiesto alzando di colpo lo sguardo dalle *Elegie duinesi*, mentre stavo pulendo la seppia.

Rimasi bloccato con il coltello in mano.

«Parti sempre per Lampedusa, fai almeno un viaggio per andare da lui, visto che vi sentite sempre. Se ti vede di persona, lo fai felice e sei più felice anche tu».

La seppia era aperta sul tagliere, la sacca con il nero attendeva soltanto di essere asportata.

«Vi parlate di presenza e tu vedi anche come trascorre le giornate».

Poggiai il coltello e aprii il rubinetto per sciacquarmi le mani. Pensavo con le mani immerse nell'acqua, offrendo a Silvia niente altro che quella assenza di parole. Servivano altre testimonianze per ammettere a me stesso quanto fossi uguale a mio padre?

Silvia però capì le reali dimensioni di quel silenzio.

Aveva radici profonde, che si abbeveravano direttamente al pozzo dell'angoscia.

«Cosa ti ha impedito fino a oggi di andarlo a trovare?».

Mi asciugai le mani. Sentivo le narici dilatarsi, l'aria gonfiarmi il torace, i denti stringersi.

«Ho paura».

I brividi mi scalciavano la schiena, risalendo dai lombi fin oltre le scapole.

Silvia poggiò il libro e venne a cingermi da dietro.

«Di cosa?».

Il palmo delle mani mi accarezzava la nuca, gli occhi, le tempie.

«Di leggere nel suo corpo un anticipo di morte».

Mi poggiò un piccolo bacio sul collo.

«Se non lo vedi di persona, non lo saprai mai».

La sacca con il nero era ancora là, nel cuore della seppia.

Diedi un bacio a Silvia, tornai al tagliere, ripresi il coltello in mano.

«Questo è vero».

Lasciai scorrere la lama sulla carne bianca del pesce, poggiandola sotto la membrana contenente il nero.

«Vuoi che venga pure io?», chiese Silvia, già tornata sul divano, con le liriche di Rilke nuovamente in grembo.

Ci voleva un movimento secco, adesso, un taglio netto che non lesionasse.

Uno.

Due.
Tre.
«Sì».
La sacca era stata asportata.

«Ciao zio, come stai?».
«Come i vecchi. Sei ancora a Lampedusa?».
«No, tornai settimana scorsa».
«Stai scrivendo?».
«Sì».
«Sbrigati a scrivere, mi raccomando, che ti voglio leggere».
«Certo. I tuoi esami?».
«Ho carenza di globuli bianchi, ma io lo fotto al tumore. Mi alleno ogni giorno, faccio pesi e cyclette».
«Ottimo. Mio padre ti ha chiamato?».
«No. A te?».
«Manco a me. Zero a zero, Beppuzzo. Senti, ma che ne dici se con Silvia ti veniamo a trovare a Reggio 'sto fine settimana?».
«Sarebbe bellissimo».

* * *

Eravamo a Cala Rossa io, mio fratello Giuseppe, mio padre e zio Beppe. Papà apriva la fila lungo l'impervio percorso tra le rocce per scendere giù a mare. Zio Beppe era l'ultimo della coda. Con la sua voce pacata, rivolgendosi a me e mio fratello, aveva lanciato il monito: «Bambini, attenti a non cadere». E un istante dopo – letteralmente, una frazione di secondo dopo – i suoi piedi persero aderenza col terreno, la tappina destra volò per aria e lo zio sciddicò rovinosamente sugli scogli, scomparendo dietro un masso. Tutti i presenti, una dozzina di persone, scoppiarono a ridere, compresi me e mio fratello. Anche mio padre, che subito si era voltato per sincerarsi delle sue condizioni, non riusciva a togliersi il sorriso dal volto. Vedemmo sbucare la mano di zio Beppe da dietro la roccia. Il pugno chiuso lentamente mutò forma: il pollice alzato fu il segno che lo zio aveva scelto per comunicarci il suo essere ancora in vita. Poi sentimmo la sua voce. «Bambini, tranquilli, non mi sono fatto niente». E, finalmente, emerse da quel paesaggio di spine e pietre. Aveva la maglietta tutta spardàta, la coscia destra tutta ciunnàta e una escoriazione partiva dal gluteo sinistro e gli correva giù fino alla caviglia. I presenti, nel vederlo rialzarsi, proruppero in un sentitissimo applauso. Lo zio arrossì all'istante e, per uscire da quell'imbarazzo, cominciò a salutarci usando le prime tre dita della mano. Sembrava il papa. Tutti ricambiammo quella improvvisata benedizione con un piccolo inchino del capo, poi ognuno riprese a vivere la propria giornata.

«Te la senti di scendere?», gli chiese mio padre.

«Sì», mugolò lo zio. Notando l'ampiezza dello squarcio nella maglietta, sentenziò, senza riuscire a trattenere il sorriso: «Vabbè, tanto faceva schifo». Entrò in mare e si ripulì le ferite con acqua e sale. «Minchia, caduta», ripeteva, a me, a mio fratello, a mio padre, a se stesso, ridendo lui per primo. Fu una mattinata bellissima, piena di luce, papà nuotava al largo, zio Beppe controllava che mio fratello non annegasse e io pescai tre scheletri di ricci immergendomi con la maschera. Era l'agosto dell'ottantuno, la macchina di famiglia era una Panda beige e zio Beppe viveva in Inghilterra dove si stava specializzando in nefrologia.

«A quei tempi la nefrologia era la scienza medica in espansione, eravamo come i pionieri quando decisi di specializzarmi, era il futuro, proprio come l'altra mia passione, la biologia molecolare. Ho fatto il medico perché ero attratto dalle dinamiche del corpo. Certo, sulla mia decisione ebbe un peso importante il fatto che mio fratello studiava medicina già da quattro anni. È stato come vedere un segnale stradale che mi stava indicando la strada da percorrere».

Io e Beppe tornammo assieme a Cala Rossa nell'ottantasette. Lo zio – venuto a Palermo per le vacanze estive da Reggio Calabria, dove si era trasferito a lavorare da un paio d'anni – mi aveva accompagnato per una partita di pallone. Io ero un classico tredicenne: brufoli, disagio, arroganza ed erezioni continue. In più, ero considerato abbastanza forte a calcio. Alla squadra avversaria mancava un giocatore, così fu chiesto allo zio se voleva giocare con loro.

«Se lei gioca, siamo undici contro undici, amunì, ce lo fate il favore?».

Acconsentì. A me andava benissimo, mio zio era scarsissimo, l'avrebbero schierato in difesa, è questo che avviene con gli scarpari, e io che giocavo in attacco, ala sinistra, avrei fatto sfracelli, puntandolo sistematicamente, ubriacandolo di finte, segnando caterve di golle. Si prospettava un pomeriggio esaltante. Non volevo soltanto sconfiggerlo, volevo proprio umiliarlo.

Non dimenticherò mai quell'incontro.

Zio Beppe si sparò il partitone. Certo, goffo era e goffo restava, ma fu imprevedibilmente, dannatamente efficace. Ribatteva ogni mia conclusione, mi anticipava, spezzava il gioco alla nostra linea d'attacco con interventi esteticamente discutibili ma calcisticamente inappuntabili. Era una diga con i piedi a papera e gli occhiali. Il mio nervosismo per quel risultato a reti inviolate, che lo zio contribuiva a tenere in piedi con una prestazione dignitosissima, aumentava di minuto in minuto. Finché, allo scadere del primo tempo, quando lo zero a zero sembrava saldo come i chiodi sulle mani di Gesù Cristo in croce, accadde l'inaudito. Zio Beppe si ritrovò la palla tra i piedi con la mia squadra tutta in attacco. Senza pensarci due volte, arroccò il pallone il più lontano possibile. Tirò di puntazza, completamente a muzzo, senza degnare di uno sguardo il campo, gli avversari, l'estate. E quel tiro ignorante si tramutò nell'assist perfetto, scavalcando il nostro difensore, venendo raccolto dal centrattacco avversario che, con un preciso rasoterra, ci trafisse in contropiede. Uno a zero per loro. Non so se fossi più depresso o allibito. Zio Beppe rideva e ripeteva ai compagni che lo festeggiavano: «Non ho idea di come ci sia riuscito». I quindici minuti di intervallo furono lunghissimi. Sentivo i secondi ticchettare. Erano spine che mi trapassavano l'orgoglio. Non vedevo l'ora di rientrare in campo. Dovevo annichilire Beppuzzo. Non potevo perdere contro uno così scarso. Dovevo essere io il re dell'estate 1987. Cominciò la ripresa ma non ci fu verso di modificare il corso delle cose: la mia prestazione continuava a essere disastrosa. Lo zio mi stava macinando in ogni zona del campo. Eppure io ero forte, lo sapevano tutti, «Davidù col pallone tra i piedi è un professore», dicevano di me in piazza. La palla quel giorno aveva deciso di essermi ostile. Sbagliavo ogni controllo, finivo in fuorigioco ed ero sistematicamente anticipato da mio zio, rimanendo isolato dallo sviluppo del gioco. Rabbia e frustrazione si contendevano lo scettro del mio cuore. In un momento di stanca, per rifiatare un attimo, il centrocampista avversario con un retropassaggio passò la palla proprio allo zio. Fu una piccola scheggia di tempo in cui lessi chiaramente il terrore negli occhi di Beppe. Sapeva che mi sarei trasformato in un falco, piombando su quella sfera, facendola scomparire con una magia del mio sinistro, lanciandomi incontro alla gloria del sicuro golle in contropiede. E sarebbe stata tutta colpa sua. Lo zio era spacciato, i miei artigli erano spalancati. La sfera gli arrivò tra i piedi e, come volevasi dimostrare, Beppuzzo ebbe una crisi di panico, intruppicò sul pallone e scivolò a terra. C'era solo il campo aperto tra il giovane falco e il pallone di cuoio. Avrei preso la palla, avrei saltato il portiere in uscita, avrei segnato il golle del pareggio. Dio, che giornata stupenda stavo per regalare a chiunque. Gli amici mi avrebbero trattato con onore e rispetto. Spinsi sulle gambe al massimo della velocità. Zio Beppe, intanto, tentando di recuperare al disastro appena compiuto, allungò la gamba in scivolata. Non ce l'avrebbe mai fatta a toccare il pallone. Ero più veloce di lui. Ero più tecnico di lui. Ero più forte di lui. La palla sarebbe stata mia. Allungai il piede e – ancora oggi mi chiedo come sia stato possibile, e ancora oggi non trovo risposta – calciai il vuoto. La punta della mia scarpa impattò con l'aria. Zio Beppe da terra era riuscito a toccare la palla prima di me. Fu una questione di centimetri, davvero, ma quei centimetri uccisero sul nascere il mio regno sull'estate. Mi si ghiacciò il cuore. Purtroppo per me, non era ancora finita. Esisteranno sempre le condizioni perché una sconfitta si tramuti in una disfatta senza attenuanti. Basta pensare al peggio.

Accadrà. E, in quel 1987, il peggio accadde. Andò così: zio Beppe non solo impedì il mio contropiede. Con quel misero tocco riuscì a compiere il gesto assoluto con cui si umilia in maniera suprema l'essere umano su un campo di pallone. Mio zio mi fece il tunnel. A me. Al suo nipote preferito. Alla promessa calcistica della leva del '74. Le mie gambe assistettero, impotenti e sconcertate, al trotterellare baldanzoso della palla sotto di esse. Il mio corpo era stato reso galleria. Il tunnel era riuscito alla perfezione. Il pallone ormai si trovava alle mie spalle, a tre metri dalla mia schiena. Tutta la squadra avversaria era esplosa in un fragoroso boato. Non ci potevo credere. Provai talmente tanta vergogna che le orecchie mi andarono in fiamme. Ero un calciatore finito. Una promessa non mantenuta. Allora diedi il peggio di me. Mi consegnai anima e corpo a una crisi isterica e, santiàndo come un pazzo contro la malasorte e contro la terra battuta che falsava il rimbalzo della palla, me ne andai via dal campo, abbandonando la mia squadra sotto di un gol. Mi diressi verso il mare senza salutare nessuno. Credo che il mio piano fosse quello di nuotare verso l'orizzonte finché non fossi arrivato in Liguria o a Napoli. Zio Beppe mi venne dietro. Sapevo che mi stava seguendo. Sentivo i suoi passi goffi smuovere i ciottoli e sollevare la terra. Mi accovacciai su uno scoglio e lo attesi. In fondo, era con lui che sarei dovuto tornare in macchina a Palermo. Quando mi raggiunse, rimase un intero minuto in silenzio alle mie spalle. Poi iniziò a parlarmi.

«Tu che uomo vuoi diventare da grande?».

Esordì così.

«È già da oggi che scegli il tipo di uomo che vuoi essere».

La sua voce era dolce.

Io insistevo nel silenzio. Sapevo di essermi comportato male. L'umiliazione mi stava spolpando vivo.

«Devi scegliere cosa vuoi diventare, Davidù, se essere un uomo o un quaquaraquà».

Quando lessi *Il giorno della civetta* di Sciascia e ritrovai la parola «quaquaraquà», mi si allargò il cuore. Lo zio si era affidato alle parole del suo scrittore preferito per darmi quel consiglio.

«Rispondimi, per piacere. Cosa vuoi essere? Un uomo o un quaquaraquà?».

«Un uomo», bofonchiai. La mia bocca era compressa contro le ginocchia. Era l'unico modo che avevo trovato per non scoppiare a piangere.

«Se vuoi essere un uomo, inizia a comportarti da uomo, da subito».

Si alzò, «Io torno a giocare la partita», mi accarezzò la testa, risalì. Lanciai un'ultima occhiata al mare. Avevo gli occhi invasi dalle lacrime e stringevo i denti per non piangere. Tornai al campo di corsa. Stavano ancora giocando, mancava un quarto d'ora alla fine. Potevamo pareggiare e, perché no, magari vincere. Giocai malissimo. All'ultimo minuto dell'incontro, quella giornata da incredibile divenne leggendaria. Su calcio d'angolo e palla allontanata dalla nostra difesa, lo zio Beppe, in un tentativo di cross, disegnò col pallone una traiettoria sbilenca che attraversò tutta la nostra area finendo per insaccarsi in rete sotto il sette.

Aveva segnato il gol del raddoppio.

Due a zero.

I compagni lo portarono in trionfo.

Imbarazzatissimo, zio Beppe rideva.

«Minchia, picciotti, è il primo gol della mia vita!».

* * *

Zio Beppe ci venne a prendere in stazione. Zia Silvana, sua moglie, era ancora fuori per lavoro, c'era un nuovo sito archeologico a Gerace che a breve sarebbe stato inaugurato e lei, archeologa, stava combattendo con gli ultimi puntuali impicci. Sarebbe rientrata per cena.

Quando ci vedemmo, io e lo zio ci stringemmo in un lungo abbraccio.

«Eravate molto dolci», mi confidò Silvia. «È raro vedere due uomini che si abbracciano così, al Sud».

Lo zio era dimagrito e portava un cappello da baseball, la chemio gli aveva fatto cadere i capelli.

«Tanto ne avevi già pìcca in testa».

«Stronzo».

E mi abbracciò ancora più forte. Sentivo le sue dita stringere la mia carne, con forza, come ci si aggrapperebbe allo scoglio per non venire risucchiati dalla corrente.

In casa, lo zio ci mostrò subito lo studio in cui erano montate una cyclette e un tapis roulant. Sparsi a terra, c'erano dei piccoli pesi colorati.

«È qui che mi alleno. Io lo fotto al cancro».

E rideva, con quel suo modo di ridere proprio dei bambini che hanno appena compiuto un gesto da scavezzacollo.

Fuori, nel grande balcone che gira attorno alla casa, ci portò a vedere la sua pianta preferita, una pomelia.

«Guarda che fiori! E siamo fuori stagione».

Ne era orgogliosissimo.

«Me l'ha regalata mio zio Rocco tantissimi anni fa. Sta continuando a fiorire senza sosta. È davvero una pianta incredibile».

Ci guardava cercando la nostra approvazione.

«Sì, è bellissima», rispose Silvia, sfiorando con due dita i bianchi petali del fiore.

«Sai Daviduzzo, durante questa malattia sto realizzando quanto sia fondamentale per un medico ascoltare. Potrei essere cieco e continuare a svolgere la professione, te lo giuro, ma non riuscirei a lavorare se fossi sordo».

Lo zio mi fissava con i suoi grandi occhi buoni. Scuri e fermi, erano occhi di cui ci si poteva fidare.

«Ascoltare è fondamentale», ripeté ancora una volta, più a se stesso che a me. Si portò le mani all'altezza del cuore e cominciò ad accarezzarsele, come se avesse davvero bisogno di quel calore per riuscire a esprimersi. Il respiro gli si era ingrossato, la pupilla si era ristretta. Stava per nominare qualcosa di doloroso, replicando l'atteggiamento fisico di suo fratello, mio padre, e il mio, tre esseri umani distinti con un vocabolario fisico spudoratamente uguale.

«La mia ematologa non mi ascolta. Io glielo dico: il mio corpo è stanco, sento che il corpo mi dà precise indicazioni. Ma lei non mi ascolta, guarda gli esami e sa già cosa prescrivermi. Forse ha ragione lei, sicuramente ha ragione lei, ma non mi ascolta».

La medicina è materia che agisce sulla carne. Il corpo è il metro della nostra presenza terrena. È nella carne che si consuma la malattia. Però esiste sempre, anche durante la cura, tutta la parte immateriale dell'essere umano. E, se non la si riempie almeno un po', è il vuoto.

Chiedere aiuto e non essere ascoltati.

Sentirsi incompresi.

Abitare da soli una stanza buia.

È questo che provi quando il dolore ti trapassa, zio?

Un mediatore culturale che aveva lavorato al Centro

di Lampedusa mi aveva raccontato di questo ragazzino, sbarcato da tre giorni, che non aveva risposto a nessuna delle domande rituali di chi gestisce l'accoglienza: non aveva detto il proprio nome, non aveva riferito il paese di provenienza, non aveva rivelato l'età. Mostrava grandi segni d'ansia. Non dormiva, non mangiava, non parlava con nessuno. Trascorreva le giornate seduto a terra, le spalle contro il muro, la testa tra le mani. In quei giorni i mediatori erano soltanto due e non riuscivano a stare appresso a tutti, da due settimane sbarcavano una media di centocinquanta persone ogni trentasei ore, con punte di oltre cinquecento in tre diversi approdi. Il quarto giorno il ragazzino non si vide più in giro. Doveva essere uscito dal buco, valutò il mediatore. Aveva ragione. Lo ritrovò quel pomeriggio davanti allo spiazzo della chiesa. Gli andò vicino e nuovamente provò a parlargli. Gli chiese il nome e la provenienza e, anche questa volta, il ragazzino non rispose. Allora il mediatore provò a cambiare strategia, in fondo c'era tempo ed erano soltanto loro due. Gli domandò se comprendesse l'inglese. Il ragazzino calò il capo in cenno di assenso. Una prima comunicazione era stata instaurata. Gli chiese allora cosa desiderasse di più al mondo in quel momento, promettendogli che avrebbe provato ad aiutarlo a realizzare il suo desiderio. Voglio chiamare casa, rispose il ragazzino, voglio dire a mia madre che sono ancora vivo. Non la sentiva da quando era partito, otto mesi prima. Il ragazzino aveva dodici anni.

Zio Beppe si guardava le mani mentre una scorreva sull'altra con lentezza. Il ritmo della carezza procedeva con quello del respiro.

«Io mi sono sempre obbligato a osservare i pazienti

negli occhi. Oggi, purtroppo, il rapporto con il paziente è mediato dal fatto che, per sveltire la procedura, il medico passa il tempo a trascrivere su un PC le informazioni che il paziente gli riferisce. Durante una visita, il settanta per cento del tempo il medico lo trascorre guardando uno schermo. E questo credo sia un problema che molti medici non hanno ancora percepito. Io, anche se non è necessario, visito il paziente all'antica: uso il fonendoscopio, gli prendo la pressione – operazione oggi svolta unicamente dagli infermieri –, instauro quel rapporto di contatto fisico tra medico e paziente che ritengo importante. Molti pazienti questo l'hanno notato e mi dicono: "Sa da quanto tempo non venivo visitato con l'esame fisico! Come all'antica, che bello!". Questo mi consente di parlare con loro. O, meglio, di porre domande e ascoltare le risposte, stabilendo così una relazione».

Una frase gentile, una stretta di mano, un orecchio per ascoltare lo sfogo. Anche così si guarisce.

Trascorremmo i due giorni a Reggio Calabria rimanendo sempre a casa, se si esclude una breve passeggiata in cui prendemmo il gelato sul lungomare. Lì lo zio ripeté la battuta che mi faceva ogni volta: «Questo è chiamato il chilometro più bello d'Italia, e sai perché? Perché si vede la Sicilia». Era di fronte a noi, inquieta e maestosa, la nostra Sicilia. Ci aveva sempre legato uno struggimento arcano per l'isola madre. Un fremito del corpo, un palpito più profondo di ogni altro, la certezza di sapersi isolani, ovunque, nel mondo. Un tratto che rende fratelli anche chi non è consanguineo.

Mancava solo mio padre perché tutto fosse perfetto.

«Successe di notte. Mi svegliai con la schiena in fiamme, sembrava un problema alle lombari. Mi bruciava tutto. Andai immediatamente il giorno dopo a fare degli esami precauzionali. Alla fine il responso fu spietato. Erano linfonodi che comprimevano, era un linfoma. A volte ho cali di globuli bianchi. Le medicine che mi prescrivono per aumentarli sono davvero molto forti. Io mi alleno però ogni giorno. Cyclette, pesi, tapis roulant. Andiamo a innaffiare la pomelia».

* * *

«Hai conosciuto ragazzi approdati a Lampedusa?».

Lo zio si era seduto sul divano di prima mattina e non si era più alzato. Ogni tanto, si controllava la temperatura con il termometro. La leggeva, poi chiedeva a me di verificarla, se mai i suoi occhi avessero sbagliato. Era costante: trentacinque e sette. Un paio di volte lo chiese anche a Silvia. «Lei la legge meglio di te», aveva detto ridendo.

«Sì, zio, ne ho conosciuti».

«Poveri ragazzi, che esperienza terribile deve essere stata».

E si immerse in un silenzio assorto, con la testa che dondolava avanti e indietro, gli occhi chiusi e una concentrazione assoluta nell'ascoltare.

Bemnet era la terza volta che si trovava a Lampedusa.

Gli ultimi due viaggi li aveva fatti in aereo.

Erano ritorni.

La prima volta c'era approdato da naufrago.

Era accompagnato da una coppia, Denise e Peter, conosciuti in Svizzera nel 2011, quando dormiva in un centro per rifugiati, un vecchio rifugio antiaereo. La donna si accorse subito di quanto quel ragazzo fosse turbato e l'aiutò a intraprendere un percorso terapeutico con una psicologa, perché riuscisse ad affrontare il proprio vissuto.

Bemnet disse: «Lampedusa è casa, è il luogo in cui sono rinato».

Era scappato dall'Eritrea il 13 dicembre 2008 per sottrarsi al servizio militare obbligatorio che dura a tempo indeterminato. Sua madre e gli altri abitanti del villaggio avevano raccolto una cifra importante, sperando bastasse a farlo arrivare in Europa.

Aveva abbandonato tutto: la famiglia, la casa, gli amici, gli oggetti conosciuti, i volti, gli orizzonti. Bemnet era partito sapendo che non avrebbe più rivisto niente e nessuno.

Non aveva compiuto neanche diciassette anni.

Quando lo incontrai, in spiaggia all'isola dei Conigli, mangiava una mela. Gli piacevano tanto le mele, prima di venire in Europa ne aveva mangiata una soltanto, aveva dodici anni e sua mamma era andata ad Asmara a comprargliela al mercato.

Dall'Eritrea aveva raggiunto a piedi il confine con il Sudan. Lì, per attraversare il Sahara, i trafficanti avevano caricato tutti quanti sulle jeep. Fu un percorso a tappe. A ogni stop c'era un nuovo esborso da pagare. Si avanzava finché si avevano i soldi. Chi li finiva, era abbandonato nel deserto.

Il Sahara è come il Mediterraneo, pieno di ossa di

chi, in fuga, ha provato ad attraversarlo. Chi non ha soldi affronta il deserto direttamente a piedi, armato dei propri indumenti e di una bottiglia d'acqua che, puntualmente, si esaurisce troppo presto. Si procede in gruppo. Come un mosaico che si sgretola, si perdono pezzi. I pochissimi che sono riusciti a superare il deserto a piedi raccontano che il viaggio è muto, il gruppo è composto da sconosciuti, si parlano lingue differenti, si deve risparmiare la saliva. Sono processioni che racchiudono un amplissimo campionario di umanità, persone di ogni età e condizione sociale. Quando uno cade, se è vivo, lo si aiuta a rialzarsi. Se è morto, ci si appropria dei soldi, se ne ha nascosti addosso, delle scarpe, se sono in condizioni migliori di quelle che si stanno calzando, degli indumenti, perché una camicia arrotolata in testa può offrire riparo dal sole e una cinta può essere venduta in Libia per racimolare i soldi necessari alla traversata. Spesso sulla sabbia rimangono i cadaveri nudi.

Dopo settimane di Sahara, giunsero in Libia. Bemnet aveva finito i soldi. Non poteva permettersi un posto su un barcone. Fu confinato per mesi in un appartamento da cui non poteva uscire. Tre stanze da letto, una piccola cucina, un bagno. Una quarantina di metri quadri in totale. Nella sua stanza dormivano in sette, in dieci, a volte in quindici, sempre e solo uomini. Mangiava quello che gli passavano gli altri. C'era un'unica finestra, era nella stanza più grande ma dava su un muro.

I trafficanti dovettero capire che Bemnet non avrebbe mai e poi mai recuperato i soldi per pagarsi la traversata.

Avrebbero potuto ammazzarlo, invece, senza un reale motivo, decisero di farlo imbarcare ugualmente.

Salparono da una spiaggia libica il 29 luglio 2009.
Erano ottanta su un unico gommone.
Ormai si conoscevano un po' tutti.

«Eravamo come una famiglia. La benzina finì quasi subito. Ci trovavamo da qualche parte, al largo, spinti dalla corrente chissà dove. Trascorsero tre giorni con il gommone alla deriva. Acqua e cibo erano finiti. Il sole era una tortura. Più volte ci bagnammo la testa e il corpo con acqua di mare. Era come se la carne prendesse fuoco. La pelle bruciava. La testa sembrava esplodere».

Qualcuno provò a remare, usando le braccia da sopra il gommone. Qualcuno si tuffò, provando a trainare il gommone a nuoto.

Un uomo di quarant'anni consigliò a Bemnet di non buttarsi in mare, di non remare con le braccia, di restare fermo, di raccogliere tutta l'energia che aveva, di non sprecare le forze.

Suonava quasi come un ordine.

Bemnet decise di seguirlo.

Qualcuno aveva la gola così secca che tossì sangue.

Qualcuno, sconvolto dalla sete, bevve l'acqua del mare.

Si verificarono i primi conati, cui seguirono le prime vomitate, dentro e fuori il gommone.

Ci furono i primi casi di allucinazioni e i primi svenimenti.

«Per non morire, cominciammo a bere l'urina. Urinavamo

dentro una bottiglia di plastica, dentro un bidone e in un sacchetto di plastica. La conservavamo. La dividevamo».

Non riuscirono mai a raffreddarla. Provarono anche a immergere la bottiglia di plastica nell'acqua che era entrata dentro il gommone. Niente da fare. L'urina rimaneva calda.

«E poi le persone iniziarono a morire».

Se qualcuno non si muoveva da ore, veniva ripetutamente scosso, per interi minuti. Bisognava comprendere se si trattava di morte o di semplice svenimento. Chi non reagiva a quegli strattoni ripetuti, veniva adagiato in mare.

Cominciarono le preghiere e gli esercizi mentali per non dimenticare il nome di chi non ce l'aveva fatta.

Diversi racconti riportano la medesima testimonianza: chi annega, spesso urla il proprio nome. A volte è una persona lanciata viva tra le onde dagli scafisti. Oppure è qualcuno sbalzato in mare da un'onda presa male. Mentre si annega, si grida il proprio nome.

«Perché?», avevo chiesto.

«Per non essere dimenticato, sicuramente. E perché a casa, i parenti e le persone del villaggio sappiano che lui, quel nome, non ce l'ha fatta, è morto in mare. Così in futuro non proveranno a rintracciarlo, liberati da questa ansia».

«Sul gommone, eravamo in preda alle allucinazioni. Avevamo perso il conto dei giorni e quello dei morti. Nessuna imbarcazione ci intercettava. Ero paralizzato dalla cintola in giù. Non sentivo più le gambe. Il sole era troppo forte. Non avevo neanche la forza per immergere la mano in acqua e bagnarmi la testa. Conoscevo tutti in quel gommone, ma mi sentivo lo stesso disperatamente solo. I morti erano rimasti sul gommone. I cadaveri cominciarono a gonfiarsi. Il corpo si sformava. La pelle si spaccava. Noi non capivamo più nulla. Quanti erano i morti? Chi era ancora vivo? I morti dovevano essere tanti, più della metà, perché riuscivamo a stare con le gambe distese. Se c'era spazio, significava che non c'erano più i corpi. O no?».

Fece due sogni. Nel primo, era dentro una bara e attorno a sé, in piedi, vestiti da stregoni e sacerdoti, c'erano gli uomini del villaggio, tra cui suo padre, che lo guardavano e lui, stretto nella bara, non riusciva ad aprire gli occhi. Ci provava e ci riprovava ad aprire le palpebre, con tutta la forza di cui era capace. Falliva ogni singolo tentativo. Eppure, nonostante gli occhi chiusi, in un modo arcano e misterioso, suo padre, e lui soltanto, sapeva che il figlio era ancora in vita.

Nel secondo sogno, lui e i suoi amici erano in una barca e passavano accanto a un villaggio, situato un po' più in alto rispetto a loro. La corrente però era così forte che continuò a spingere la barca, così quel villaggio si allontanò per sempre.

Una imbarcazione arrivò per davvero.

«Era una motovedetta maltese. Si accostarono, ci lanciarono acqua, gallette, una tanica di benzina e subito se ne scapparono via. Nessuno salì a bordo. Ci ho messo anni a interrogarmi sul perché di quella fuga così immediata, a cercare di capire, a chiedermi il motivo. A furia di pensarci, ho trovato la risposta: è stato il puzzo dei cadaveri in decomposizione sul nostro gommone a tenerli lontani».

Avevano trascorso in mare diciotto giorni.

In qualche modo riuscirono a bere e a mangiare le provviste lanciate loro, misero la benzina nel motore, depositarono in mare i morti, ripartirono.

I maltesi non erano scomparsi. Navigavano a distanza ma sempre visibili. Li scortarono fino alle acque italiane, poi andarono via per davvero.

Erano nuovamente soli.

I giorni ripresero a scorrere.

«L'acqua stava per finire ancora una volta, non si vedeva la terraferma, le forze non ce la facevano più a restare attaccate ai corpi».

Vissero alla deriva ancora per tre giorni. Poi arrivò la Guardia Costiera italiana. Li soccorse, li prese a bordo, li fece approdare a Lampedusa.

«Toccai terra il 20 agosto. Quel giorno è diventato il mio secondo compleanno. Qui sono nato la seconda volta».

Ventuno giorni di naufragio.

Partirono in ottanta.

Morirono in settantacinque.

«Non so perché sono sopravvissuto. Sono uno degli ultimi cinque che ha visto queste persone in vita eppure, se tornassi al villaggio, non saprei davvero come raccontare la loro morte. Avevo solo diciassette anni».

Bemnet indicò il mare.

«I miei amici sono tutti là».

Non aggiunse altro.

* * *

Non era neanche ora di pranzo. La Sicilia era proprio davanti al divano dove Beppe si era seduto ad ascoltarmi. Incorniciata dalla finestra, sembrava una edicola votiva. La divinità benigna cui affidarsi.

«Mi vado a coricare n'antìcchia», disse lo zio. Silvia l'aiutò ad alzarsi. Lo vidi allontanarsi lungo il corridoio. Per avanzare, si appoggiava al muro. Passo dopo passo, diventava sempre un po' più piccolo, finché arrivò davanti alla camera da letto, aprì la porta ed entrò senza richiuderla.

«Come ti senti?», mi domandò Silvia, passandomi la mano tra i capelli.

«Zio è stanco», fu ciò che riuscii a risponderle.

Zia Silvana aveva chiamato dicendoci di cenare, era ancora bloccata a Soriano Calabro a controllare un altro nuovo museo prima dell'imminente esposizione.

«'Sto lavoro la tiene fuori assai», constatò lo zio. Mangiò pochissimo, una forchettata di insalata, un pizzuddìcchio di tonno, niente pane. Si versava l'acqua nel bicchiere con la destra, riposizionava la bottiglia esattamente dove l'aveva presa, come se l'acqua avesse a tavola un unico posto possibile, prendeva il bicchiere sempre con la destra, beveva a piccoli sorsi. Ogni suo movimento trasudava stanchezza.

«Vuoi riposarti un po'?».

Aveva dormito quasi tutto il pomeriggio.

«Lo sai, Daviduzzo, se questo che ho adesso fosse stato un altro carcinoma, come il primo che ho avuto, tu oggi non mi avresti visto più».

«E invece qua sei, pronto a combattere e sollevare i

pesi, secondo me ti chiamano per le prossime Olimpiadi, zio!».

Abbozzò un sorriso che però si spense subito sulle sue labbra.

«Sono un po' stanco».

Volle alzarsi da solo, si diresse in camera, si stese a letto, vestito.

«Hai capito che ti ha appena detto?», mi chiese Silvia.

«Sente le energie andare via, ma domani dopo la chemio si sentirà meglio».

«No, non ti ha detto questo».

Sapevo che stava per formulare l'ultima domanda, quella definitiva. Si trattava solo di non crollare al tappeto.

«Secondo te perché tuo zio ti dice sempre di sbrigarti a finire di scrivere 'sto libro?».

Feci un enorme respiro. Sentivo le spalle pesanti, la testa pesante, i pensieri pesanti.

Mi alzai da tavola.

«Ho capito», dissi.

«Dove vai?».

«Fuori, devo fare una telefonata».

La Sicilia era lì davanti a me, un profilo scuro che si stempera nella notte. Brillava di luci, sembravano piccoli fuochi, testimonianza del suo essere abitata da millenni. Diceva Sciascia che le sue coste e le spiagge aperte agli approdi suggeriscono il primo e condizionante elemento della vita e della storia siciliana: l'insicurezza.

«Ciao papà».

Silvia mi aveva dato la sua interpretazione riguardo le parole di Beppe a proposito dell'ascolto mancato da parte del medico curante. È proprio come avere ascoltato la richiesta piena di paura del bambino che vuole vicino a sé i genitori, o il fratello maggiore, mi aveva detto.

«A Reggio sono, dallo zio».

Beppe era medico, come mio padre. Entrambi conoscevano i linfomi. Deve essere un incubo sapere esattamente cosa accade al corpo durante la malattia. Capire i significati delle crepe. Conoscere in anticipo la velocità dello sfaldamento. Intuire appieno la dimensione della deriva.

«È stanco, papà. Domani ha la chemio. È giù di tono».

Mio zio, nonostante io l'avessi negato per tutto quel tempo, rischiava davvero di morire. E lui lo sapeva. E anche mio padre ne era al corrente. Gli studi medici avevano impedito a entrambi di mentire a loro stessi.

Nel silenzio tra una parola e l'altra, era comparsa la morte come approdo concreto.

«Papà, devi chiamare lo zio, devi chiamarlo più spesso, ha bisogno di te, di sentire la tua voce, ha bisogno della tua presenza».

Lontano, le luci della Sicilia tremavano, come una richiesta di aiuto che teme di perdersi nelle pieghe della notte.

Era l'inverno dei miei nervi.

I rami stavano soccombendo contro il vento dell'angoscia, strappate via le parole di foglia.

Si accartocciavano, si frantumavano, si sperdevano via.

Lo scheletro del mio albero non aveva più la loro voce.

L'unica speranza erano le radici.

Che fossero più profonde di quanto io stesso credessi.

Che si dimostrassero più salde di quanto io le reputassi.

Altro non potevo fare.
Sottoterra stava la mia ancora di salvezza.

Entrai dentro e mi abbandonai all'abbraccio di Silvia. Appoggiai la testa sulle sue gambe, lasciandomi andare sul divano. Chiusi gli occhi, mentre le sue mani percorrevano le linee del mio volto, avanti e indietro, come per apprenderne le forme per poi ricordarle in punta di dita.

Dopo qualche minuto, zio Beppe comparve in salone.

Era ringalluzzito.

«Mio fratello mi ha chiamato!».

«Ma chi, mio padre?».

«Sì!».

Era giunto il momento di recitare il copione.

«Non è vero».

«Ti giuro».

Fino allo stremo.

«No, Beppe, non ci credo».

«Sì, era Francesco al telefono».

Era raggiante. Era così felice che aveva già iniziato a contare nel proprio calendario intimo i giorni che lo separavano dalla prossima chiamata.

«Uno a zero per me!», diceva e rideva e camminava per il salone appoggiandosi al muro e alle sedie, mentre io manifestavo con smorfie il mio finto disappunto e Silvia, che aveva capito tutto, sorrideva con gli occhi pieni di lacrime.

* * *

Il giorno dopo l'incontro con il samurai mi alzai prima dell'alba, alle cinque meno un quarto. Avevo il volo alle sei e venti.

Nel buio sospeso, la risacca era flebile, quasi impercettibile. Lampedusa sembrava essersi ritratta in un altrove, lontano dal clamore dei media e dai riflettori. C'era un silenzio bello e potente.

A tavola erano rimasti tutti i liquori della sera prima, dal limoncello al finocchietto selvatico.

Melo entrò in cucina. S'era alzato presto, come sua abitudine. Senza dire nulla, compì in automatico i gesti abitudinari: aprire lo stipetto, prendere la caffettiera, caricarla col caffè, metterla sul fuoco, appoggiarsi allo stipite, addormentarsi, risvegliarsi al gorgoglio del caffè che esce.

Prese due tazzine, versò il caffè e, con una voce ancora impastata di sonno, mi chiese se volessi zucchero.

«Nonsi, amaro 'u pigghio».

Si zuccherò il suo, poi portò il caffè a Paola in camera. Quando tornò, pochi secondi dopo, era completamente sveglio. Aveva un tempo di metabolizzazione della caffeina prodigioso. Saltellava in cucina, sciacquava i piatti, fischiava intonatissimo una canzone di Modugno. La sua voce era chiara e presente.

«Tuo padre era primario, vero?».

«Sì, a cardiologia».

Si mise ad asciugare le stoviglie.

«E come si comportava con i medici, con gli infermieri?».

«Li ha sempre difesi. Per quanto io possa ricordare, questo era uno degli argomenti delle pochissime discussioni che papà faceva a tavola con mamma. Oddio, non erano discussioni vere e proprie, entrambi erano d'accordo. Ora che ci penso, erano i monologhi più lunghi che sentii fare a mio padre in tutta la mia vita. Papà parlava della stanchezza che fatalmente si accumula in reparto, sia nei medici che negli infermieri. E diceva che, purtroppo, più aumentava il carico di lavoro, che a volte è proprio immane perché loro erano sottodimensionati rispetto al numero dei pazienti, più si correva il rischio che potesse capitare un errore. Era l'intero sistema, gestito da amministratori incapaci e corrotti, a mettere tutti quanti in posizione di rischio, sia i pazienti ricoverati che il personale medico e infermieristico».

Dopo aver messo il latte a scaldare, Melo aveva iniziato a raccogliere i panni stesi. Erano asciutti ma umidi. L'aria di mare non perdona.

«Te lo chiedo perché ero curioso».

«Di cosa?».

«Del fatto che in pratica tu avevi già a casa tua tutte le risposte che vai cercando qui».

«In che senso?».

Ora che erano raccolti, cominciò a piegare i panni.

«Non è che il lavoro di tuo padre è stato molto diverso, per come la vedo io – in termini generali, dico – dal lavoro che svolge il Comandante della Capitaneria di Porto, per dire, ecco. Anche per questo credo che tu ti sia affezionato a questa vicenda: c'è, a mio modo di vedere, un forte parallelo tra la Guardia Costiera e la Guardia Medica».

Paola s'era appena alzata. Diede un bacio a Melo, mi salutò con un rapido cenno del capo, si sedette a tavola e cominciò la colazione con un pezzo di torta di mele fatta da lei il giorno prima.

«Non c'è bisogno che mi accompagni pure tu in aeroporto, Paola».

«Melo non ti accompagna», biascicò.

«No?», domandai.

«No, m'abbùtta guidare così presto», fu la risposta di Melo. Aveva appena finito di piegare la biancheria.

«Esco fuori per fare la foto all'alba», disse. E si dileguò.

Paola si era versata il latte caldo. Lo sorseggiava tenendo la tazzona con due mani vicino al viso, come se fosse l'unica sorgente di calore della vita. Poi si addumò la prima sigaretta della giornata.

Parlò sottovoce.

«Quello che sta accadendo a Lampedusa, e che accade ormai da venticinque anni, è come un incidente stradale che continua a ripetersi. Ci sono i superstiti, i morti e i feriti e io che abito nel condominio che dà sulla strada dell'incidente mi trovo i giornalisti che mi bussano alla porta e mi fanno delle domande. Ma sono le persone che hanno subito l'incidente che andrebbero intervistate, sono loro i soggetti da ascoltare, io abito in questa casa solo per caso, loro hanno compiuto vere e proprie avventure per giungere fino a qui. Noi possiamo offrire i primi soccorsi, dei biscotti, dell'acqua, del thè caldo e farci in quattro per capire come aiutarli a proseguire il viaggio. E invece loro, i veri soggetti di questa storia, quelli che andrebbero ascoltati per comprendere i tanti perché di questo esodo di massa, ecco, vengono rinchiusi nei Centri e zittiti nei loro diritti e nelle loro ragioni».

Si versò del limoncello, spense la sigaretta e riempì anche il mio bicchiere.

«In fondo è ancora notte», disse.

Portammo i bicchieri in alto e brindammo in silenzio a qualcosa di più grande di noi tutti.

Nascerà una epica di Lampedusa. Sono centinaia di migliaia le persone transitate dall'isola. A oggi, manca ancora un tassello nel mosaico di questo presente, ed è proprio la storia di chi migra. Le nostre parole non riescono a cogliere appieno la loro verità. Possiamo nominare la frontiera, il momento dell'incontro, mostrare i corpi dei vivi e dei morti nei documentari. Le nostre parole possono raccontare di mani che curano e di mani che innalzano fili spinati. Ma la storia della migrazione saranno loro stessi a raccontarla, coloro che sono partiti e, pagando un prezzo inimmaginabile, sono approdati in questi lidi. Ci vorranno anni. È solo una questione di tempo, ma saranno loro a spiegarci gli itinerari e i desideri, a dirci i nomi delle persone trucidate nel deserto dai trafficanti d'uomini e la quantità di stupri che può subire una ragazza in ventiquattro ore. Saranno loro a spiegarci l'esatto prezzo di una vita in quelle latitudini del mondo. Narreranno a noi, e a loro stessi, del carcere in Libia e delle botte prese a ogni ora del giorno e della notte, della visione improvvisa del mare dopo giorni di marcia forzata e del silenzio che si impone quando s'alza lo scirocco e si è in cinquecento su un peschereccio di venti metri che sta imbarcando acqua da ore. Saranno loro a usare le parole esatte per descrivere cosa significa approdare sulla terraferma, dopo essere scappati dalla guerra e dalla miseria, inseguendo il sogno di una vita migliore. E saranno loro a spiegarci cosa è diventata l'Europa e a mostrarci, come uno specchio, chi siamo diventati noi.

Da dove c'è la guerra, non si scappa in aereo. Si fugge a piedi e senza visto per il semplice motivo che i visti non vengono rilasciati. Quando la terra finisce, si sale su una barca. Parto quindi dalle origini, ché è una la fonte da cui sgorga l'acqua che ci abbevera. In fondo, è sempre la stessa storia che si ripete. Una ragazza fenicia scappa dalla città di Tiro, attraversando il deserto fino al suo termine, fino a quando i piedi non riescono più ad andare avanti perché di fronte c'è il mare. Allora incontra un toro bianco, che si piega e la accoglie sul dorso, facendosi barca e solcando il mare, fino a farla approdare a Creta. La ragazza si chiama Europa. Questa è la nostra origine. Siamo figli di una traversata in barca.

Il naufragio del 3 ottobre 2013 avvenne prima dell'alba, a meno di mezzo miglio dalle coste di Lampedusa, all'altezza della cala detta Tabaccara. La dinamica dell'affondamento fu spietatamente semplice: alla vista della terraferma qualcuno, per fare luce e segnalare così la posizione dell'imbarcazione, diede fuoco a qualcosa, forse una coperta. Sul barcone c'era gasolio ovunque. Divampò una fiammata improvvisa sul ponte strapieno. Le persone accalcate istintivamente si ritrassero per non bruciarsi. Quello spostamento immediato provocò uno squilibrio decisivo in un assetto già ampiamente precario. Il peschereccio si rovesciò e in un tempo brevissimo colò a picco.

Tra ponte e sottocoperta c'erano più di cinquecento persone.

I superstiti furono centocinquantacinque.

I cadaveri recuperati in mare, trecentosessantotto.

La tragedia del 3 ottobre segnò uno spartiacque. Per la prima volta si videro, si recuperarono e si contarono moltissimi cadaveri sulle rive dell'Europa. Le immagini dei corpi privi di vita che galleggiavano in mare finirono sui mezzi di comunicazione di tutto il mondo. C'era anche un feto appena espulso, ancora attaccato alla madre per il cordone ombelicale. Sull'acqua non era visibile alcun relitto eppure i cadaveri erano sparsi dappertutto. Nelle ore successive alle prime immagini mostrate in TV, il mondo della politica nazionale ed europea prese d'assalto l'isola e sfilò davanti alle telecamere.

Un proverbio siciliano recita: «'u morto inzìgna a chiàncere».

* * *

«Quel giorno ero già in mare, avevamo dormito in barca, come succedeva spesso durante le sere d'estate, sia di quello stesso anno che dei precedenti. Questo non accadde più negli anni a seguire. Non sono più uscito di notte in barca. Non con gli amici, non con altra gente, non da solo. Da quel giorno, il mio approccio al mare è cambiato completamente».

Vito l'avevo incontrato a casa sua. Al centro del tavolo, aveva poggiato due bicchieri e una bottiglia di acqua fresca appena presa dal frigo. Aveva tolto il tappo alla bottiglia e versato l'acqua, per poi riposizionarla esattamente tra me e lui.

«Ho sempre lavorato intensamente, perché a me il lavoro piace. Ho iniziato a lavorare fin da piccolino, aiutavo papà in falegnameria. Poi divenni programmatore meccanografico, quando i computer erano proprio grossi, il più piccolo era circa venti metri quadri. Quando finivo le canoniche otto ore da programmatore, tornavo ad aiutare papà in falegnameria, finché nel '73 mi licenziai dal centro meccanografico per dedicarmi interamente alla falegnameria di famiglia. Realizzavamo arredi d'interni e allestimenti fieristici, il che mi ha permesso di girare il mondo. Poi arrivai qui a Lampedusa per la prima volta nel 2000, per rilassarmi, per staccare dalla città e dal lavoro. Ero veramente stanco. Bastarono due settimane di ferie per innamorarmene. Rientrato a casa, decisi di cessare l'attività. Avvertivo con forza il bisogno di ritornare qua».

Uomini di fede, come mio papà, sostengono che, per quanto imperscrutabili e misteriosi siano i disegni celesti, è pur sempre il libero arbitrio l'ago della bilancia che indirizza il corso delle cose. E se gli eventi sono determinati dal concatenarsi tra loro delle azioni e delle reazioni, nonostante una innegabile meccanica della materia, la fede aiuta a percepire l'esistenza di qualcosa di misterioso. Possiamo chiamarlo intuito, possiamo chiamarla illuminazione o, per restare in un ambito escatologico, possiamo chiamarla vocazione. È inspiegabile, ma a volte si prova chiaramente la sensazione di sentire davvero una suggestione che chiama attraverso il tempo, aiutando – se non proprio spingendo – ad abbracciare determinate decisioni, anche drastiche, come se, in una ipotetica scacchiera della realtà, tutti i pezzi si muovessero assieme, inesorabilmente, secondo una trama invisibile, per cui ogni singolo pezzo compirà volontariamente il proprio movimento, fino al realizzarsi di un esatto allineamento di spazio e tempo, così una certa persona si ritroverà a essere in un dato posto in un preciso momento.

A salvare vite umane che stanno annegando in mare, per esempio.

«Soltanto quando tutti i miei dipendenti si furono sistemati altrove – non ho mai voluto lasciare nessuno per strada – chiusi la falegnameria e iniziai a vivere la mia vita a Lampedusa. Avevo 52 anni».

Lo guardavo attraverso la bottiglia. Metà della sua figura, la parte di sotto, era distorta dall'acqua. Le spalle, il collo e la testa invece restavano immobili. Vito mi fissava e continuò a farlo finché non bevvi l'acqua che mi aveva versato.

«Nel 2007 mi offrirono una imbarcazione in disarmo, lunga dieci metri, appartenuta a un pescatore. Decisi di sfidare me stesso e rifare di sana pianta la barca. L'anno dopo sostenni l'esame nautico e presi la patente. La barca la ribattezzai *Gamar*, con le iniziali dei miei nipoti, le mie gioie della vita. Prima aveva tutt'altro nome, io l'avevo cambiato proprio perché avevo parecchio modificato lo scafo, fino a renderlo quasi un'altra imbarcazione. Dopo la tragedia del 3 ottobre, fui fermato per strada da un amico. Mi disse: "O Vì, ma t'u ricordi 'u primo nome d'a to vàrca?". Certo che me lo ricordo. La barca si chiamava *Nuova Speranza*. Era vero, questa barca aveva dato una nuova speranza a tutti quelli che erano stati salvati».

Allungò la mano e bevve. Poggiò il bicchiere e non tornò più a guardarmi. I suoi occhi si erano immobilizzati sul muro davanti, bianco e disadorno. La superficie ideale per individuare gli invisibili fili che tessono la nostra esistenza.

«Ti racconto un fatto. Io sono barese, ero ragazzino, potevo avere tredici anni, mi trovavo al mare ed ero uscito su un gommone, uno di quelli tondi, brutti, senza motore, assieme a Toni, un ragazzo allora già maggiorenne, questo lo ricordo bene perché aveva la patente e guidava la macchina. Prima di uscire in mare, dalla spiaggia ci avevano avvisati: "Guagliò, statt accùrt, che sté vìnt sop a' terra!", ragazzi fate attenzione che c'è vento che soffia da terra. Il vento che soffia da terra è pericoloso. Sposta verso il largo. Io ero totalmente inesperto, ma Toni aveva detto: "Non ti preoccupare del vento, che poi ci ancoriamo". E uscimmo col gommone. L'ancora era composta da una cima con un grosso sasso legato all'estremità. Quando fummo al largo, nonostante avessi mollato in mare già da un po' la nostra ancora, mi accorsi che, con il passare dei minuti, ci allontanavamo da terra. "Toni, ci stiamo allontanando!", dicevo. "Eh, non ti preoccupare", rispondeva lui. Se non lo sa lui che è grande, pensavo. E mi tranquillizzai. Quando si fece l'ora di tornare, Toni mi disse di togliere l'ancora per rientrare, io tirai su la cima ma la cosiddetta ancora semplicemente non esisteva più: il nodo si era sciolto e il sasso si era perduto, chissà dove, chissà da quanto tempo. Eravamo molto, molto al largo. Provammo a remare ma non ci fu verso, non ci avvicinavamo a riva per niente. Toni prese una decisione: "Mi tuffo in mare con la cima sulla spalla e incomincio a nuotare". Entrò in acqua e io, in silenzio, consideravo: ma questo come fa a pensare di potere trasportare un gommone in questo modo? Provai anche a remare ma non ottenemmo alcun risultato da quella manovra congiunta. Anzi, eravamo ancora più al largo. Toni intanto era risalito sul gommone. Aveva cominciato a stare male, vomitava, soffriva di crampi allo stomaco, causati dalla stanchezza e dall'agitazione. Io mi ripetevo che era inutile preoccuparsi, c'era sì vento, ma il mare era calmo, e questo ci aiutò non poco. Sbandieravo continuamente l'asciugamani per segnalare a chi stava a riva che avevamo bisogno di aiuto, convinto che qualcuno prima o poi ci avrebbe avvistato. Però continuavamo ad allontanarci. Le macchine sulla terraferma erano diventate minuscole. A un certo punto, dalla parte opposta, verso l'orizzonte, vidi che si avvicinava verso di noi un puntino che diventava via via sempre più grosso. Chissà se ci vedono, pensavo, chissà se ci vedono. E sì, ci avevano visto, eccome. Era un peschereccio. Stava rientrando al porto di Palese. Accostò e da bordo un pescatore ci urlò: "Guagliò, ma add'o cazz ve n'avìt 'a ji?". Ci caricarono su, assieme al gommone, e rientrammo. Ci impiegammo circa un'ora e tre quarti per approdare al porto».

Vito tornò a fissarmi.
Si versò altra acqua e riprese a parlare.
Il filo era stato trovato.
Adesso bastava solo riannodarlo.

«I pescatori ci chiesero di andare in Capitaneria di Porto a denunciare il soccorso. Ma Toni non volle farlo, andò direttamente a prendere la macchina dove l'aveva parcheggiata, lasciandomi lì al porto ad aspettarlo. Io ero inesperto, ero giovane. Oggi sarei andato sicuramente alla Capitaneria a dire: "Questi signori ci hanno salvato la vita", perché ci avevano proprio salvato la vita, riportandoci in porto. Poteva succederci qualsiasi cosa. Questo ricordo del naufragio mi è tornato alla memoria qualche giorno dopo il 3 ottobre. Mi si è come accesa una lampadina in testa. Mi sono detto: ecco la mia storia, da naufrago a salvatore di naufraghi. È un cerchio».

Sollevò il bicchiere e bevve l'acqua. La bevve con

una lentezza insistita, come fosse vino, come a brindare, decadi dopo, alla salute di quei salvatori della sua infanzia. Poggiò il bicchiere, poi sistemò la bottiglia vicino al bordo.

Non c'erano più ostacoli tra lui e me.

«Quella notte il mare era tranquillo, sereno. Con gli amici uscimmo con la barca fermandoci a Cala Tabaccara, per mangiare qualcosa e farci il bagno. Ci andavamo sempre. Come al solito, o si rientrava molto tardi, alle duetre di notte, o direttamente la mattina presto. Decidemmo di rimanere alla Tabaccara per fare l'indomani una battuta di pesca al traino. Cenammo e andammo a dormire. Era tutto tranquillo, tutto buio, tutto normale. Io dormivo sotto, in coperta, gli altri amici stavano sopra, in cabina di pilotaggio. Mi svegliai perché sentii il suono dell'ancora tirata su col verricello e quello del motore messo in moto. Starà albeggiando, pensai, deve essersi fatta l'ora di andare a pescare. La barca era appena partita ma dopo neanche quindici secondi il motore si spense. Sentii anche che sopra stavano parlando. "Ma cosa è successo? Deve esserci qualcosa che non va al motore", fu la mia conclusione. Mi alzai immediatamente, precipitandomi in cabina. "Che è successo? Problemi al motore?", chiesi. "No, no", rispose Alessandro. Era lui al timone. "Sento vuciàre", fu la sua spiegazione. "Vuciàre", tu lo sai, sono le grida, i lamenti. Ma né io né gli altri sentivamo nulla. In mare c'erano poi tutti 'sti gabbiani, tutte 'ste berte. Fanno un verso che sembra proprio un lamento umano. "Alessandro, sono gli uccelli", dissi. "No, no, no, io sento vuciàre, sento vuciàre". Ne era così convinto che decisi di assecondarlo. "Alessandro, qua non si vede niente, metti in moto e usciamo". E fu così che mise in moto e uscimmo dal promontorio della Tabaccara. C'erano le berte che volavano, c'erano i gabbiani. "Vedi? Vedi?". Poi andai a prua per guardare anche da lì, pronto a ripetergli: "Vedi che qui non c'è niente?". E invece, di colpo, vidi tutta una fascia di mare piena di queste persone che urlavano. Che gridavano "Help!". Tutte sagome nere. Tutte queste braccia. E lì pensai: c'è una tragedia in corso. Erano almeno duecento persone. Immediatamente dissi ai miei amici di avvisare la Capitaneria di Porto, era impensabile potere salvare tutte queste persone, ci volevano aiuti. Alessandro la chiamò subito. Devo essere sincero: in quegli attimi provai una grossa paura. Come saremmo riusciti a salvarli tutti? Noi in barca eravamo già in otto. Quanti potevamo prenderne a bordo? Due? Tre? Mica di più. Dove li avremmo messi? Questa paura durò dieci secondi, non di più. Mi diressi a poppa, mi armai di salvagente e di cima. "Alessandro, avvicinati a loro". E cominciammo a prendere gente in barca. Erano proprio disperati, nudi, completamente sporchi di gasolio. Come li afferravo, mi scivolavano via dalle mani. Ne imbarcammo tre. I miei amici gli parlarono in inglese, io purtroppo non lo parlo, questo mi pesa tantissimo. "Chiedetegli quanti sono in mare". E il ragazzo che avevamo recuperato rispose: "Cinquecentosessanta". Ma in superficie non c'erano affatto cinquecentosessanta persone. Fu allora che ebbi la certezza della dimensione della tragedia. Continuammo a tirare su persone. Senza più contarli. Senza pensare altro. Senza sapere dove metterli. Prenderne uno e continuare. Un altro e continuare. Un altro e continuare. Arrivò intanto anche un'altra barcuzza, piccola, lunga meno di cinque metri, più bassa della mia. Era la *Nica*, la barca di Costantino. Lo guardai con la coda dell'occhio. Costantino prendeva 'sti ragazzi dal mare senza neanche dargli la mano, li prendeva proprio di peso, afferrandoli per i pantaloni e buttandoli in barca. Riuscì a caricarne undici. Giunse un peschereccio. Pensai: bene, altri aiuti. Invece dal peschereccio, non appena videro che avevamo tutti 'sti cristiani a bordo, uno dei due pescatori urlò al fratello: "Minchia, avvicinati, questi bastardi stanno buttando a mare dei cristiani". Ci avevano scambiato per scafisti. Non avevano capito cosa stava accadendo. Un istante dopo, passato il promontorio, anche loro videro tutta quella gente in mare. Cominciarono subito le manovre per caricarne a bordo il maggior numero possibile. Quel peschereccio ha le murate alte, furono costretti a lanciare giù delle cime, sperando che chi era in mare riuscisse ad attaccarcisi, per poi venire tirato su. C'era chi ci riusciva e chi no. Salvarono diciotto persone. Verso le sette e un quarto arrivarono dalla Capitaneria di Porto. Anche loro cominciarono a raccogliere chi, ancora in mare, continuava a urlare, a piangere. Nella tragedia, però, queste persone ebbero fortuna. Quella notte aveva soffiato un leggero scirocco. Ed è stato proprio lo scirocco a salvarli, perché spinge da sud est verso l'isola. Se al posto dello scirocco ci fosse stato il maestrale, non avremmo trovato nessuno. Lo scirocco gli ha dato la prima mano. Noi gli abbiamo dato la seconda mano. Con la mia barca recuperammo dal mare quarantasette persone, vive».

Si versò ancora acqua. Solo all'ultimo si accorse che il bicchiere si era colmato fino al bordo. L'acqua s'era adagiata sul limite, pronta al trabocco. Poggiò la bottiglia e lasciò uscire dal petto un respiro lungo e profondo.

«Quando vado in porto per controllare la barca e scorgo in mare le boe sparse, ecco: le boe scure mi fanno sussultare. Immediatamente penso che sia gente che implora aiuto. Tornare a mare è stato brutto. Brutto. Ce lo siamo proprio imposti, io e i miei amici. Ci dicemmo: oggi dobbiamo uscire. Era trascorsa una settimana. Quella prima uscita fu drammatica. Lo sguardo non era più fermo dove era fermo una volta. Era ed è tuttora uno sguardo teso a cercare qualcuno in mare. Pian piano le cose si sono leggermente modificate, poco, non del tutto. Dietro un'onda, io continuo a vedere le persone».

La mano prese il bicchiere. Nel portarlo alla bocca, fatalmente, l'acqua cadde, nonostante la lentezza del gesto. Le gocce rimasero sul tavolo, piccole pozze pronte a evaporare nell'afa del primo pomeriggio.

«Quei ragazzi li ho rivisti, sai? Mi chiamano Father Vito. Mi dicono: "You are my father". Sono nei miei pensieri tutti i giorni. Io soffro un po' di claustrofobia e mi succedeva sempre, quando salivo in aereo, che nel momento in cui si chiudono i portelloni e l'aereo non si muove, io mi agitavo tremendamente. Stavo male. Adesso invece io penso subito a loro. E non mi succede più niente».

Restammo seduti un altro po', mentre il canto delle cicale invadeva la stanza e il sole del pomeriggio estendeva il proprio dominio sull'isola.

* * *

La voce di Costantino era tenue, in contrasto con l'ampiezza delle mani. La sua vita da manovale era sintetizzata lì, in quelle dita robuste che hanno spaccato la pietra.

Dita e mani erano intrecciate tra di loro, ferme sul tavolo, come strumenti di lavoro poggiati durante una pausa.

«Quel 3 ottobre ero uscito con la *Nica*, la mia barcuzza, assieme al mio amico Onder. Avevamo deciso di muoverci presto, subito dopo l'alba, per anticipare gli altri pescatori e riuscire anche noi a pescare qualcosa. Ci dirigemmo verso l'isola dei Conigli. D'un tratto vedemmo una barca ferma in mare. Era quella di Vito. C'erano tantissime persone a bordo. E subito davanti ai nostri occhi cominciarono ad apparire i corpi in mare. Erano quasi tutti nudi. Io e Onder cominciammo a provare a recuperarli, ma ci scivolavano via perché erano ricoperti di nafta. Stringevamo forte ma non era possibile avere una presa sulle loro braccia, sulle mani, sul petto. La nafta aveva reso impossibile quel tipo di manovra. Ogni tentativo falliva. Il primo corpo lo riuscimmo a prendere grazie alla cintura che indossava, la mano strinse la cinta e il corpo del ragazzo fu in barca. Dalle altre imbarcazioni giunte in soccorso urlavano: "Lasciate stare i morti, pensate ai vivi". Noi puntammo le persone vestite, tirandole su per i pantaloni, per le magliette, per la cintura. Un corpo dopo l'altro. Stringere il pantalone, afferrare il tessuto, non c'era altra possibilità. Avevamo recuperato dieci uomini, vivi. Muovevamo la barca piano, c'era il concreto rischio di investire con lo scafo qualche sopravvissuto. Ma in mare sembravano tutti morti, tutti quanti. Invece, proprio nell'ultimo giro compiuto, prima di trasbordare i ragazzi recuperati nella motovedetta della Guardia Costiera, con la coda dell'occhio vidi muovere la mano a una ragazza che galleggiava. Prenderla fu difficilissimo. Era tutta ricoperta di nafta. Scivolava via di continuo. Riuscimmo però a tirarla su. Mi tolsi la canottiera per asciugarla, per pulirle via il gasolio dalle braccia e dalle ascelle, per coprirla. La ragazza vomitò nafta, tossì, vomitò ancora. Ma era viva».

Costantino sciolse il nodo delle dita e aprì le mani. Rimase in silenzio a fissare i propri palmi, come fossero un libro, pagine di un passato che tornava sempre.

* * *

La pelle di Simone era quella di chi sta sempre in mare, inscurita, indurita dal sole, dal vento, dalla salsedine. I capelli, lunghi, avevano il colore delle cime di una nave. La barba era tutta bianca.

L'amico di Paola e Melo mi aspettava sul molo di Cala Pisana, camminando cinque metri in avanti e poi indietro, come un pendolo. Il suo passo ciondolante sembrava replicare il dondolio delle barche. Simone aveva necessità di camminare mentre parlava. È una condizione comune alla gente di mare quella di non trovarsi a proprio agio con la fissità della terra. C'è bisogno del movimento per ritrovare l'equilibrio.

«Noi lampedusani non abbiamo mai fatto nulla di speciale, Davidù. È normale, no? Vedi uno in mare, ti cali dal ponte della barca e cerchi di prenderlo. Chiunque vede una persona che sta affogando fa di tutto per salvarla. Non siamo eroi, noi».

Poi il mio nome mutò nelle sue frasi. Divenni «A Dà».

«A», il vocativo che invita all'ascolto, richiamando a sé l'attenzione. Cui segue il nome troncato, di cui brilla soltanto la prima sillaba, segno di confidenza e di necessità, perché è urgente quanto si deve comunicare all'altro.

«A Dà, quella mattina manco dovevo farmelo un giro in barca, però mi ero svegliato presto, così esco in mare alle otto meno un quarto. All'uscita del porto penso: a destra o a sinistra? Amunì a destra. E quasi subito incrocio la barca di Vito. Era stracarica di persone. Ma che succirìu mai? Spingo il motore al massimo, magari arrivo in tempo e posso dare aiuto. Incrocio la Guardia Costiera e mi fanno segno a gesti di andare piano, pianissimo. Ci deve essere qualcosa in acqua. Metto il motore al minimo e navigo a vista.

E sulla superficie del mare vedo una magliettina.

Una busta di plastica.

Un documento che galleggia.

Un morto.

Un pantaloncino.

Un paio di scarpe.

Un morto.

Due tappìne.

Un braccialetto.

Tre morti.

Mi vìnni un arrivùgghiu nnu stomaco... recupero i primi corpi. Sono cadaveri. Non respirano. Ne prendo altri. Anche loro sono morti. Io ogni volta ci spero che qualcuno sia vivo, invece sono tutti morti. E poi vedo galleggiare una cosuzza piccola così. Un piccirìddo. Quanto poteva avere? Un anno? Due anni? 'Un respira manco ìddu. Mi si secca 'u cori. Arrivavu troppo tardi. Questo rimorso mi perseguita, non essere riuscito a salvare nessuno.

Nel pomeriggio la Guardia Costiera mi chiede di aiutarli a localizzare l'imbarcazione, hanno individuato un punto dove potrebbe essersi depositato il peschereccio. Torno lì e mi immergo. Il mare in quel punto ha una profondità di una cinquantina di metri. Nuoto nella zona ipotizzata e di colpo, come se fosse fatto apposta, vedo aprirsi sul fondale una macchia bianca. È sabbia. E proprio là, come se fosse stato poggiato dall'alto, c'è il barcone affondato. È un peschereccio di circa venticinque metri, immobile in quello spazio bianco. E intorno, come se fossero stati depositati sulla sabbia, i cadaveri. A Dà, io nuoto e piango. Piango e nuoto. Sullo specchio di poppa del peschereccio sono appoggiate due persone. Sono abbracciate l'una all'altra. Entrambe le teste sono rivolte verso l'alto, come a guardare il cielo. Nuoto e piango. Mi tocca tràsere nnu scafo per capire la situazione che c'è sottocoperta. Entro ddùoco dìntra e mi ritrovo cadaveri unnegghié. Uno sull'altro, in ogni spazio, dentro ogni pirtùso. Ci sono morti ovunque. Cadaveri su cadaveri su cadaveri. Dentro il peschereccio ci sono duecentocinquanta morti. Non volevo immergermi mai più, a Dà, t'u giuro vero, non volevo andare mai più sott'acqua. Se non fosse stato per dei clienti che avevano già prenotato e sarebbero venuti dopo qualche giorno, non mi sarei immerso in mare mai più».

Simone si mordeva il labbro.

La fronte era tempestata di gocce di sudore, come punti lasciati da una corona di spine.

* * *

I cadaveri furono recuperati e sistemati nell'hangar del vecchio aeroporto. Non c'era altra struttura capace di accoglierli tutti quanti. Riempivano una superficie di centinaia di metri quadri, una fila dopo l'altra, dentro sacchi neri.

Erano una costellazione oscura, sopra il sagrato più a sud d'Europa.

«C'erano tutte le bare in fila e poi due piccirìddi eritrei, uno accanto all'altro, bellissimi, che stavano poggiati a terra, con solo la coperta termica a separarli dal terreno. Ma che si fa così? E va bene che le bare sono finite, ma si possono mai lasciare a terra dei piccirìddi morti? Andai dal poliziotto e ci 'u rissi: "Ma niente fate?". E me ne innìvu a pigghiàre una pedana di legno, almeno accussì li avremmo sollevati. Erano davvero bellissimi i due piccirìddi, potevano avere manco quattro anni. Pensai alle mie figlie. Mi si strinse fortissimo lo stomaco mentre li poggiavo sulla pedana».

«Molti cadaveri erano irriconoscibili, deformati dalla prolungata immersione, erosi dal sale, morsi dai pesci. Il mare aveva invaso organi e tessuti, alcune ossa si erano spappolate, il corpo era gonfio all'inverosimile. In casi frequenti, la pelle non aveva retto più e gli arti si erano staccati. La rigidità della morte era assente e non si ravvisava né negli adulti, né nei bambini».

«Erano persone eppure parevano spugne».

«Il Sindaco aveva chiesto aiuto a noi residenti per accogliere i parenti delle vittime. La notizia del naufragio aveva avuto fin da subito grande eco internazionale e Lampedusa fu raggiunta dai parenti delle persone decedute. Quasi tutti provenivano dal Nord Europa. L'arrivo dei parenti durò un mese intero. In molti, non appena scendevano dall'aereo, avevano crisi di pianto. E noi che potevamo fare? Li abbracciavamo».

«I primi parenti a raggiungere l'isola si aggiravano per l'hangar cercando qualcosa – un segno particolare, un anello, un bracciale, una collanina – che permettesse il riconoscimento. Però i corpi da riconoscere non assomigliavano per niente ai ricordi o ai ritratti delle foto che avevano portato con sé. Ragazze minute avevano adesso forme smisurate. E al corpo da identificare spesso mancava qualcosa: un pezzo di gamba, qualche dito, entrambi gli occhi, i piedi, una mano, le orecchie, un braccio, il labbro inferiore. C'erano segni di morsi ovunque».

«Quando il riconoscimento avveniva, lo strazio era inconsolabile. Quando non avveniva, pure».

«Una settimana dopo la tragedia, aveva ormeggiato al molo una nave container per portare le bare in Sicilia, dove furono seppelliti i corpi, sparsi nei cimiteri, senza un ordine ragionato. Il Porto Nuovo era affollato dai parenti delle vittime. Le bare avevano viaggiato dall'hangar fino al molo dentro alcuni camion frigo, come un carico di pesce. Durante il tragitto, i parenti si erano arrampicati sulle fiancate del mezzo, provando a deporre fiori sulle bare, tutte scure tranne quelle dei bambini, piccole e bianche. Le bare furono caricate sulla nave grazie all'ausilio di un muletto che le sollevò con il braccio meccanico. Sulla banchina singhiozzavano tutti».

* * *

Nel momento in cui il barcone si rovesciava, io mi

trovavo ad Amsterdam, ospite del programma *Writer's Residency* per una residenza di scrittura. Ad agosto era morto il mio carissimo amico Totò. Un tumore al colon se l'era asciucàto in meno di cinquanta giorni. Avevo visto il mio amico appassire a vista. A ogni mia visita, pesava sempre qualche chilo in meno.

«Come l'hai trovato?», mi aveva chiesto Silvia, vedendomi tornare affranto da una delle ultime visite all'ospedale.

«Sembra un acino d'uva raggrinzito».

Era vero, Totò sembrava un petalo smagrito. Il suo sfiorire non solo mi appariva ingiusto, era davvero troppo veloce, troppo inarrestabile. Non riuscivo a farmene una ragione. «Troppo» era l'unica parola che riuscivo a usare pensando a lui, usata sempre in senso negativo. Troppo vicino alla morte. Troppo lontano dalla sua normalità. Troppo malato per guarire.

Non parlai più di Totò. Con nessuno. Evitavo l'argomento. La vita abbandonava il mio amico, svelandone l'ossatura, e io non potevo farci niente.

Totò era stato il proprietario e l'animatore di *Altroquando*, un negozio che definire fumetteria sarebbe riduttivo. Il locale di Corso Vittorio Emanuele II a Palermo fu una vera e propria fucina culturale, ci si organizzavano presentazioni, incontri con fumettisti e fu il punto di riferimento per il movimento di rivendicazione dei diritti LGBT. Quando vivevo a Palermo, per anni, ogni mattina presto scendevo da casa e passeggiavo fino ad *Altroquando*. Totò usciva e nni pigghiavamo un bello caffè al bar, poi tornavamo in negozio, io raccattavo fumetti a muzzo, salutavo Totò, tornavo a casa a leggerli, li restituivo a ora di pranzo, tenendomi quelli che mi sarei accattàto, e ce ne andavamo a pranzo assieme a Ballarò o al Capo. Una pacchia. A fine giugno

2013, invece, la scoperta del tumore e ad agosto il decesso. Mi si aprì una voragine in petto. Mi rinchiusi in me stesso. Non ero capace di suturare la ferita, perché al solo pensiero che Totò non c'era più mi veniva da piangere fortissimo ma non piangevo, gli occhi mi si riempivano di lacrime e io le trattenevo, attorno a me c'era tutta una rete di protezione pronta ad afferrarmi ma io restavo arroccato nella mia sofferenza, perché non riuscivo a scorgere altro che non fosse il mio dolore e il mio lutto.

L'ultima volta che andai a trovarlo in ospedale, due giorni prima che morisse, Totò era in piena botta da morfina. Sorrideva, si muoveva lentamente, era evidente che non decifrava più la realtà. Invece, la penultima volta, una settimana prima che il suo cuore si fermasse, Totò mi cuntò una storia.

Il Budda e un suo allievo si dirigono al Tempio. A un incrocio si imbattono in una donna. «Buongiorno», la saluta il Budda. La donna ricambia il saluto. Il Budda e l'allievo riprendono la strada e al tramonto giungono al tempio. Quando il Budda si incammina per andare a pregare, l'allievo gli parla. «Maestro», dice, «non siete voi che predicate il distacco da tutto? Perché avete allora salutato la donna all'incrocio?». E il Budda risponde: «Vedi, io la donna l'ho lasciata lì, sei tu che l'hai portata qua dentro». E se ne va a pregare.

Furono le ultime parole lucide che il mio amico mi rivolse.

Mi ero trascinato quel malessere interiore fino ad Amsterdam. Non riuscivo a scrivere nulla e il mondo mi aveva offerto scuse perfette per autocompatirmi.

Poi accadde la tragedia davanti le coste di Lampedusa. Qualcosa mi scattò dentro. Mi ero reso disponibile a pubblicare durante il mio soggiorno un diario on line per il blog della *Nederlands Letterenfonds Dutch Foundation for Literature*. Il 3 ottobre 2013 scrissi a caldo quanto segue:

Cammino lungo il canale, guardato a vista dalle case dai mille occhi di Amsterdam.

È appena arrivata l'eco della tragedia di Lampedusa, il numero dei cadaveri che si continua a recuperare in alto mare è altissimo e la cifra finale non vuole arrivare mai. È una conta che non ha pietà.

Il cielo si muove, visto nell'acqua, sempre. Il ponte che taglia il canale permette di ammirare questo paradosso: le cose celesti tremano e le cose degli uomini restano salde. Gli argini del canale, il vetro delle finestre, la geometria irregolare delle case appoggiate l'una all'altra come fratelli che hanno appena superato una sfida.

Due innamorati si abbracciano davanti a una barca nell'aria tiepida di questo inizio d'ottobre. Il cielo si offre di un azzurro terso e, nell'immagine che l'acqua restituisce, i riflessi di luce baluginano come lucciole brevi, inghiottite presto da qualcosa di troppo sereno e distante per potere comprendere appieno gli affanni e le gioie di chi abita da questa parte della vita.

Qui, nel cuore d'Europa, è forte la memoria della severità del mare. È scritto nella pelle della città, il cui viso ne è segnato da rughe salate.

Chi ha avuto marinai tra i propri abitanti conosce le regole.

Il mare respira, a differenza del cielo.

Il mare dà e prende vita, quando decide lui, proprio come il cielo.

Adesso il mare, lo stesso mare che ho appena raggiunto, accompagnato dai canali, e che bagna ogni costa d'Europa, è pieno di corpi morti, migranti naufragati durante questa odissea da disperati.

Anche i pesci torneranno a cibarsi di carne umana.

Un gatto mi guarda mentre due ragazzi in bicicletta pedalano tenendosi per mano.

Mi viene in mente una poesia di Ungaretti, il contesto è completamente diverso, eppure per me, adesso, parla esattamente dell'anima di chi sta crepando in mare, dopo avere provato a fuggire dalla miseria, separandosi dalla vita con questa morte per acqua.

Ora il vento s'è fatto silenzioso
e silenzioso il mare;
tutto tace; ma grido
il grido, sola, del mio cuore,
grido d'amore, grido di vergogna
del mio cuore che brucia
da quando ti mirai e m'hai guardata
e più non sono che un oggetto debole.
Grido e brucia il mio cuore senza pace
da quando più non sono
se non cosa in rovina e abbandonata.

Alla fine, tutto si riduceva a queste due semplici verità: non avrei mai più rivisto Totò e il tempo trascorso assieme era stato una benedizione. Nell'ultima pagina del diario on line, finalmente, affrontai di petto quel lutto privato.

Un barlume di luce aveva cominciato a squarciare le tenebre della mia angoscia.

Silvia mi teneva la testa e io mi stringevo a lei.

Erano trascorse poco più di tre settimane dal 3 ottobre.

Caro Totò,

è passato così tanto tempo da quando mi hai parlato del tuo periodo ad Amsterdam. «Era il millenovecentosettantuno – mi dicevi mentre ti accendevi l'ennesima sigaretta –, l'Italia scaldava il piombo, scopriva l'eroina e io ero un ventenne schifiàto dal mio paese e smanioso di vedere il mondo». Ma Amsterdam – l'Amsterdam che io credevo di trovare in quelle tue parole – non era presente nel tuo racconto: nessuna casa storta, nessun canale pieno di geometrie, nessun quadro di Vermeer. I tuoi aneddoti celebravano il modo in cui ti industriavi per sopravvivere, elencando i mille lavori svolti e i divani usati come letto; evocavano il sapore della birra fresca e la quiete di una bella canna fumata al caldo; ricordavano gli occhi dei tuoi innamorati, ragazzi poveri e spiantati come te tranne uno, un cinquantenne canadese ricco oltre ogni immaginazione e pure generoso, che per un po', quando rientrasti in Italia, seguitò a spedirti buste con qualche soldo dentro. Ricordi, Totò? Arrivato a questo passo del racconto mimavi l'apertura della prima lettera che ricevesti da lui e ripetevi sul volto lo stupore nello scoprire i soldi in valuta estera, poi mi guardavi e scoppiavi a ridere, e i tuoi occhi tornavano bambini, ed erano gemme incastonate tra le rughe del tuo viso da re shakespeariano. Però, devo confessartelo, ci rimasi un po' male quando, pieno d'entusiasmo, ti dissi che anche io mi sarei trasferito a vivere ad Amsterdam per un po', grazie a una residenza per scrittori, e tu mi rispondesti soltanto: «Poi mi cùnti come sono le foglie, Davidù». Ancora non potevo capirlo, Totò, non prestavo la dovuta attenzione a certi aspetti del mondo, tu eri ancora vivo, il tumore era stato appena scoperto e già allora non ero pronto all'idea che tu potessi morire per davvero. Non lo sono neppure oggi, se è per questo. Ogni volta che ripenso a te, mi viene ancora da piangere. Iniziai a incalzarti con domande continue perché avevo elaborato un piano infallibile: «Dove hai alloggiato? C'è una strada, una piazza, un canale, un coffee shop che ricordi più di altri? Magari esiste ancora e io ci vado e quando torno ne parliamo assieme». Volevo conoscere la tua geografia personale, Totò, luoghi da fotografare per poi mostrarteli al ritorno. Credevo fosse un bel piano, ero convinto che avrebbe funzionato, «Guarda qui è cambiato tutto! Talè qua, è uguale ad allora», magari avrebbe alleviato il tuo male. Però la vita non segue i piani geniali e decide il proprio corso in piena autonomia e in modo imperscrutabile. Qualcosa è stata più veloce del calendario, io non ce l'ho fatta a mostrarti le foto e tu te ne sei andato prima che io partissi. Ecco perché adesso mi trovo a Westerpark, Totò. Scommetto che ci sei stato pure tu, è quel parco lungo, ricordi? Oggi ci sono persone in bicicletta, ragazzi che prendono il sole, anziani che passeggiano, gente che pratica yoga, bambini che giocano e un equilibrista che ricerca il senso della vita stando in piedi su un filo. Disseminati ovunque, gli alberi. Hanno tronchi robusti eppure non troppo grossi, riesco a toccarmi le mani quando li abbraccio. Le cortecce sono marroni e verdi perché percorse dal muschio e, su rami giovani e spavaldi, le foglie stanno mutando colore. Me ne sto accorgendo solo adesso, Totò: io mi sono sbagliato sempre quando penso all'autunno, non è affatto una stagione grigia ma è una sinfonia di colori che si stemperano l'uno nell'altro, in armonia. Il verde, l'azzurro, il giallo, il marrone, il rosso, in tutte le gradazioni, e il cielo che alterna bianco e azzurro, e le mille luci della città che riluccicano sull'acqua e sui vetri. Nessuna stagione possiede tanti colori quanto l'autunno. E le foglie, Totò, queste foglie di Amsterdam sono gialle, sono verdi, sono rosse, e tremano al vento e danzano per tutti, per l'equi-

librista e per i bambini, per i cani che trottano e per me, per gli anziani e per i tuoi occhi nel millenovecentosettantuno, quando avevi ancora vent'anni e la tua barba non era bianca. E sarebbe bello tornare anche solo per portarti una foglia raccolta qui, rideremmo assieme perché tu avresti sconfitto il cancro e io mi sentirei meglio e invece no, questo autunno carico di colori finirà e arriverà l'inverno e ci sarà la pioggia e il freddo, e io ho semplicemente tanta paura perché l'unico verbo che potrò usare riferendomi a te sarà al passato, però qui davanti a me le foglie vibrano nel vento, e adesso conosco la risposta e, lo sai amico mio?, è uno splendido ottobre qui ad Amsterdam, i ragazzi continuano ad amarsi, la birra è sempre fresca, le case restano storte e le foglie, Totò, le foglie sono gialle, sono verdi, sono rosse e sono bellissime.

* * *

Negli ultimi mesi ne erano successe di cose.

Zio Beppe veniva spesso raggiunto a Reggio da mio padre, che si fermava a casa sua un paio di giorni. Andavano in giro per i siti archeologici dove lavorava zia Silvana, si scattavano delle foto assieme e zio me le inviava su WhatsApp, corredandole con messaggi di questo tenore: «Guarda chi mi è venuto a trovare». Era così orgoglioso che mio padre avesse viaggiato per andare da lui che non faticavo affatto a immaginarmelo tutto sogghignante mentre mi inviava quei messaggi. A volte scriveva «uno a zero per me». A volte «Guarda mio fratello seduto sulla mia poltrona». A volte «Manchi solo tu». Zio stava combattendo anche contro la carenza di globuli bianchi. In una occasione era stato ricoverato d'urgenza con più di 39 di febbre, rimanendo una notte sotto osservazione. Era stato dimesso perché si era ripreso grazie ai farmaci. Di notte dormiva male, così gli capitava di appisolarsi sul divano di casa, sia la mattina che il pomeriggio. Aveva cominciato a seguire un corso di chitarra, non la suonava da oltre trent'anni, e accennava spesso il ritornello di *Sei nell'anima* di Gianna Nannini. Mi aveva chiesto quali fossero i miei romanzi italiani preferiti e si era comprato quelli che non aveva letto. Aveva apprezzato particolarmente *La vita agra* e *Una questione privata*. Aveva anche dichiarato di sentirsi pronto a rileggere il suo romanzo preferito al mondo, *Il Consiglio d'Egitto* di Sciascia.

Papà aveva imparato a fotografare le persone. Aveva compiuto, abbastanza naturalmente, il passaggio dall'oggetto inanimato al soggetto vivo, in carne e ossa. Era come se la natura morta fosse stata il tirocinio necessario per approcciare l'essere umano. L'oggetto gli aveva permesso di riflettere sulla propria intimità e sul mistero della vita in sé.

«La ruggine potrebbe essere, a prima vista, un simbolo di consunzione, qualcosa che non può avere redenzione», mi aveva detto.

«E invece, anche qualcosa di inutile come la ruggine è capace di creare forme affascinanti che, dispiegandosi nello spazio, suggeriscono prospettive nuove».

Con il primo piano, invece, mio padre investigava l'essere umano rispetto all'enormità dell'esistente. Negli scatti dei volti c'erano innocenza, paura, spossatezza. Papà aveva realizzato una serie di ritratti molto potenti dentro le mura ospedaliere. Quelle erano le sue latitudini, i luoghi di cui conosceva a menadito traiettorie e zone di stanca. Aveva parlato con i colleghi e si era reso invisibile, ben sapendo come comportarsi per rispettare la sterilità di un ambiente, le priorità di movimento del personale, l'intimità mai da violare dei pazienti.

«Rispetto alle foto degli oggetti, con la persona si tratta di cogliere un istante e, per coglierlo, bisogna anticiparne il bagliore. Questo, come tutto nella vita, è più semplice se si prova a farlo con ciò che si conosce molto bene».

Aveva cominciato a telefonarmi, una volta ogni tre settimane. Era già tantissimo rispetto al nulla dei quarantadue anni precedenti. Mi raccontava soprattutto delle visite in Calabria a zio Beppe.

«Si stanca facilmente. Mi ha portato a vedere un paese dell'entroterra interamente distrutto dal terremoto. Ho fatto degli scatti interessanti, soprattutto ai custodi dell'area. Avevano dei visi di una fissità notevole. Pietre, sembravano».

Nel ritrarre i volti, mio padre avvertiva lo sfibrarsi dell'esistenza. Suo fratello era in vita soltanto grazie alla terapia. Così, fotografare era diventato strumento e fine, domanda sul senso dell'esistere e risposta. In ultima analisi, era il modo con cui mio padre cercava un dialogo con Dio stesso, in cui convivevano il tentativo di comprensione e l'abbandono consapevole al mistero dell'esistenza.

* * *

Chiamai papà al cellulare.

Non mi abituavo al fatto che potesse rispondermi fuori casa.

La reperibilità di una persona per me era sempre stata, prima dell'avvento del cellulare, una condizione sfavorevole propria dei medici. E il medico scontava la propria reperibilità a casa. «Oggi sono reperibile», comunicavano a pranzo mamma o papà. Fino all'indomani l'ospedale avrebbe potuto reclamarli in qualsiasi momento. Il telefono di casa avrebbe potuto squillare a ogni ora del pomeriggio e della notte. L'attesa-di-una-telefonata-che-forse-non-arriverà-mai creava una persistente condizione di precarietà. Il lavoro aveva seguito i miei genitori fin dentro casa, era a tavola con noi, intrudeva nella camera da letto. Erano giorni particolari, quelli della reperibilità, in cui la linea telefonica doveva essere tenuta libera e le attività compiute dai miei non erano mai vissute con pienezza: i libri erano più sfogliati che letti e la musica veniva usata come sottofondo per i pensieri. Credo che mentalmente ripassassero più e più volte il percorso più veloce per raggiungere in auto l'ospedale. A volte la telefonata della reperibilità arrivava, a volte no.

«Ciao, papà».

«Ciao».

La telefonia cellulare ha cambiato tutto. Il soccorso in mare, per esempio. Chi salpa viene diligentemente istruito: dopo un paio d'ore si chiamerà un dato numero, risponderà la Guardia Costiera Italiana. Leggendo le coordinate satellitari sul telefono, si comunicherà la propria posizione e si attenderà il soccorso. È un meccanismo che funziona, se le correnti non sono troppo forti, se le onde non sono troppo alte, se i gommoni non imbarcano troppa acqua.

«Sei a casa?».

«No, a Poggioreale sono, sto fotografando le rovine del terremoto del Belice».

Quando ero in gita o in viaggio, l'unico modo per sentirsi con la famiglia era utilizzare le cabine telefoniche, al limite i telefoni a scatto di qualche bar in montagna.

«Com'è fotografare i ruderi?».

«Potentissimo. Nonostante sia a pochi chilometri dall'autostrada, il paese è deserto dal '68. Purtroppo, si preferisce ignorare le urla di questi luoghi pieni di silenzio. E invece queste voci andrebbero affrontate e comprese fino in fondo, perché pongono problemi reali a noi tutti, da diversi decenni».

Per riuscire a parlarsi, si fissava un appuntamento, solitamente poco prima di cena, si inserivano i gettoni, si comunicava alla famiglia, cioè alla madre, l'indispensabile: sono vivo, mangio, mi lavo, ho fatto nuove amicizie.

«Papà, ci torni a Lampedusa con me?».

«Certo. Quando?».

Era necessario creare un incastro preciso tra il chiamante e il ricevente, confermando entrambi la propria presenza nei luoghi deputati alla comunicazione.

«Ci torniamo per la ricorrenza del 3 ottobre».

«Mi pare giusto».

Il telefono fisso creava cattedrali sentimentali. Aggrappato a quello di casa, appresi della nascita dei miei ultimi due fratelli e della morte del nonno. In una cabina telefonica, che oggi non esiste più, sussurrai «Ti amo», in un'altra piansi, in un'altra mi finirono i gettoni prima di riuscire a dire «Scusa, mi dispiace». C'erano cabine considerate, non a torto, più fortunate di altre.

«Andiamo a stare sempre da Paola e Melo, a Cala Pisana».

«Perfetto. Fammi sapere le date esatte, così prima vado a trovare lo zio Beppe».

Esisteva una precisa cartografia delle emozioni, una mappa che svelava una rete di relazioni tra l'essere umano e il tessuto urbano. A volte, davanti alla cabina c'era la fila. Capitava spesso con quelle fortunate. Succedeva che si discuteva dei propri problemi con perfetti sconosciuti. È più facile aprirsi con chi non si conosce. Ci si confrontava, provando a chiarirsi le idee prima di dire al telefono «Mi manchi», «Addio», «Ho bisogno di toccarti». A volte, in fila, sbocciavano flirt da venti minuti, «È il tuo turno», «Mi ha fatto piacere parlare con te», «Anche a me», «Allora ciao e in bocca al lupo». Abitare un luogo era anche compenetrarlo con i propri sentimenti, concedendosi il lusso di consegnare la comunicazione all'incastro esatto e non riproducibile tra spazio e tempo.

* * *

Se la giornata è limpida, durante il volo Palermo-Lampedusa si può osservare la Sicilia dall'alto. L'entroterra alterna zone aride e brulle a valli rigogliose. Le sorgenti, disseminate nel territorio, furono uno dei primi strumenti di potere – la divisione dell'acqua – con cui la mafia acquisì il controllo della regione. Dopo qualche minuto di volo, in cui il vettore punta verso nord per poi girarsi e dirigersi a sud, sullo sfondo, vista dai monti che la circondano, si staglia la mia Palermo, aperta nel suo abbracciare il mare e chi dal mare viene, città devota all'accoglienza fin nel nome, *Pan Ormus*, tutto porto, luogo di attracco e ripartenza. Poi, ecco l'alternarsi di vigneti e coltivazioni accanto a ruderi e rocce, finché di colpo, bianco come una preghiera, si dispiega sui resti di Gibellina distrutta dal terremoto del Belice il *Cretto* di Burri. Visto da quella altezza, il *Cretto* ricorda i lenzuoli con cui si coprono i morti. Un filtro, il lenzuolo bianco sul cadavere, in cui il rispetto e la pietà risultano essere inscindibili. L'ultimo tratto che si vede dell'isola è la lunghissima costa, in cui la sabbia, aggredita alle spalle dalla macchia mediterranea, alternandosi a bianche rocce calcaree, spadroneggia per chilometri e chilometri. Poi è soltanto mare a perdita d'occhio. Qualche peschereccio, una petroliera, un aliscafo.

Il vulcano spento con un piccolo porto ai suoi piedi è Linosa, poi ancora mare fino alla brulla, piatta, nera Lampedusa. L'aereo si abbassa progressivamente creando l'impressione di atterrare sull'acqua. Appena si scende dal velivolo, subito Lampedusa ti frana addosso. Luce, salsedine, vento ti travolgono, mentre la voglia di tuffarsi a mare aumenta assieme al desiderio di mangiare pesce il prima possibile.

* * *

«Io in quei giorni sto in sciopero, non ne voglio parlare, non parlo con nessuno, venite pure da me ma è come se io non ci fossi. Però fate bene a tornare, così vedete con i vostri occhi cosa succede».

Al telefono, Paola era stata categorica.

«Lei il 3 ottobre non l'ha mai superato», ammetteva senza troppi fronzoli Melo. «La pigliò malissimo allora e ogni anno spera questa giornata finisca il prima possibile».

Giungemmo in casa, prendemmo possesso delle rispettive camere e, visto che la commemorazione sarebbe stata l'indomani, ce ne andammo in giro.

«Andiamo a vedere il Centro, papà?».

«Amunì».

Attraversammo il paese, sferzati da un sole rovente. Salimmo sulla sommità dell'altura scortati da tre cani randagi.

«Il buco c'è ancora?», chiese mio padre.

«Sì, là dietro, da qualche parte».

Ma già non mi ascoltava più. Stava fermo, con le mani in tasca e la macchina fotografica a penzolare sul collo, senza nessun desiderio di fotografare, con la testa altrove. Le geometrie del Centro, rigide e squadrate, a lui dovevano riportare alla mente non un carcere, ma le corsie di un ospedale. Stava pensando a suo fratello, ne ero certo.

Quando morì zia Nunzia, papà mi chiese di accompagnarlo alla veglia funebre che si stava tenendo nella casa di Capaci dove la zia aveva vissuto tutta la vita. Avevo nove anni. Zia Nunzia la conoscevo appena, era una sorella di nonna e in questo legame familiare per me si esauriva l'intera sua esistenza. Stesa sul letto, sembrava minuscola sotto il velo bianco. Aveva le braccia sul petto, le mani a conca sul cuore e intrecciata alle sue dita ossute c'era una corona del rosario. Morì zitella. Accanto al letto, sedute su sedie di legno scuro, nonna e le sue sorelle la piangevano. «Povera Nunzia, mischina», dicevano, con le sillabe spezzate dai sospiri. Il nonno era in cucina con gli altri uomini, tutti assittàti attorno al tavolo di marmo bianco. Non fiatava nessuno. Stavano bevendo il caffè. Unico suono percepito: il cucchiaino che gira lo zucchero nella tazzina, azione compiuta da tutti tranne che dal nonno, che beveva il caffè rigorosamente amaro. Mio padre doveva avere preso da lui.

«Papà», gli avevo domandato in un momento impreciso della mia infanzia, potevo avere quattro anni, «perché tutti bevono il caffè con lo zucchero e tu no?».

«A me piace il sapore del caffè».

Durante quella veglia trascorsa in cucina, fu offerto il caffè anche a me. Ero un giovanotto, ormai, avevo nove anni, la mia era una età di tutto rispetto. L'offerta del caffè si consumò anch'essa nel più rigoroso mutismo, bastarono lo sguardo di uno dei presenti verso una tazzina vuota e un mio movimento del capo in avanti per intenderci. Fu il nonno a versarmi il caffè dalla caffettiera poggiata a centrotavola. Un signore – non avevo idea di chi fosse – mi porse lo zucchero. Feci ripetutamente segno di no con la testa, indietreggiando financo di due passi. Il nonno reagì a quel mio diniego annuendo con somma soddisfazione. Gli era pure comparso un principio di sorriso all'estremità delle labbra. Doveva essere tanto fiero di me se aveva permesso a quel sintomo di felicità di rilucere in quella severa cornice di lutto. Dopo che ebbi bevuto il caffè, la spaccatura del mondo tra «uomini muti in cucina» e «donne in lacrime davanti alla morta» fu ricucita proprio da me e papà. Entrammo nella stanza della veglia e stazionammo un po' davanti al corpo morto di Nunzia, in religioso silenzio. Forse recitai mentalmente un'*Ave Maria* e un *Salve Regina*, non ricordo bene. Ci congedammo da nonna con due baci, uno per guancia, strinsi le mani a tutte le vecchie della stanza, tornammo in cucina, salutammo i presenti con un inchino del capo appena accennato e il nonno mi poggiò la mano sulla guancia, accarezzandomi il viso con una carezza lunga e profonda.

Lungo la strada di ritorno, papà all'improvviso attaccò a parlare.

«Hai visto zia Nunzia? Era proprio piccola sul letto. È stata una persona così mite, sempre gentile».

Le mani sul volante, gli occhi fissi sull'asfalto. Era tutto proiettato in avanti.

«Non aveva studiato, non era andata a scuola, leggeva a malapena eppure aveva una intelligenza a suo modo raffinata, non diceva mai una parola fuori luogo, i suoi giudizi erano molto ponderati».

A chi stava parlando papà in quel ritorno in autostrada? Perché, ne ero certo, non era a me che si stava rivolgendo.

«Uno potrebbe dire che zia Nunzia ha vissuto una vita frugale, eppure dentro di sé custodiva un grande tesoro. Una persona non si esaurisce con i libri che ha letto. Era un esserino, piccola e minuta, eppure tanto preziosa».

Forse la macchina era il solo luogo in cui papà parlava ad alta voce. A casa doveva esserci troppo bordello, con me e mio fratello che gridavamo sempre. In ospedale, doveva essere impossibile riuscire a ritagliarsi un momento e uno spazio per sé. Invece, dentro la vettura, con il braccio fuori dal finestrino, papà aveva trovato il posto ideale per valutare, analizzare, ponderare. La macchina doveva essere il suo eremo segreto.

Mi sentii fortunato a trovarmi lì.

«Ci sono una serie di interrogativi, tutti collegati tra di loro, anche sul senso stesso della vita. Dove ricercarlo? Nel lavoro, nello studio, in una attività manuale, nella fede? Zia Nunzia non era sposata, non ebbe figli, eppure non mi sembrò mai infelice. Emanava una tale calma, una tale serenità».

Quel giorno, l'inevitabilità del lutto gli si mostrò per ciò che davvero era: l'unica certezza dell'esistenza.

«C'è più ricchezza in un singolo essere umano che in tutti i libri del mondo», concluse dopo un lungo silenzio. Papà non parlò più per il resto della giornata. Credo che avesse deciso di inginocchiarsi, smollata ogni superbia, davanti all'imperscrutabile mistero della vita e della morte, sua ancella. Guardava fisso la strada davanti e stringeva il volante con entrambe le mani, come fosse l'unico appiglio rimasto a impedire la caduta nel baratro.

* * *

Prima di cena, la sera del 2 ottobre lasciai papà che discuteva con Melo in tinello e chiamai zio Beppe.

«Fu un evento del cazzo».

Esordì così, con quella mala parola che non usava mai e che tradiva tutto il terrore che aveva provato.

«Adesso sto bene, Daviduzzo, ma ieri mi hanno ricoverato di nuovo in ospedale perché avevo più di 39 di febbre. La seconda volta in venti giorni. Oggi però mi sono ripreso e me ne fotto».

Come i ragazzini, pensavo, lo zio usa le male parole per darsi forza.

«Ti racconto una cosa buffa, riguarda i cerchi che si chiudono. 31 e 47 lo sai a cosa corrispondono nella smorfia? Mia nonna Giovanna – e questo è uno dei pochi ricordi che ho di lei – le poche volte che si trovava a Palermo mi mandava a giocare i numeri del lotto. Si sognava sempre il morto che parla, il 47, e lo giocava assieme al 31. Ho il chiarissimo ricordo di avere giocato un paio di volte per lei l'ambo ai banchi del lotto. Erano cifre modeste, pochissime lire. Qualche volta, nell'età adulta, giocai per scherzo quell'ambo. E ieri durante il ricovero cosa succede? Mi portano a letto il giornale. L'occhio difficilmente se ne va a finire sulla colonna delle estrazioni del lotto. E ieri invece è stata la prima cosa che ho letto. Ero convinto fosse una allucinazione. Ho ricontrollato oggi per esserne sicuro. Sono usciti sulla ruota di Palermo come primo e secondo numero il 47 e il 31. Mia nonna ha percepito che sono ricoverato! E nessuno mi crede!».

Scoppiò a ridere. Ascoltai tutta quanta la sua risata. Era piena e lasciava intravedere da quale pozzo di disperazione si era risollevato. Soltanto quando si fu estinta, gli parlai.

«Glielo hai detto a papà del ricovero?».

«No, no, non dirglielo che poi si preoccupa, godetevi Lampedusa. Comunque io lo fotto al linfoma, buttana di sua madre. Ti abbraccio forte».

Forse si era stancato. Forse il pensiero di mio padre turbato doveva averlo scosso. La paura era riaffiorata dentro le sue sillabe. Se c'era una persona da cui mio zio aveva il terrore di separarsi, quella era mio padre. Il loro amore era intessuto da continui sguardi a distanza, come il vignaiolo e la vigna, che si capiscono e si amano da lontano, toccandosi solo quando è tempo di vendemmia. Era un sentimento ricamato stando ognuno nella propria stanza, da dove, aprendo uno spiraglio, l'occhio certificava la presenza dell'altro e quella sola presenza riempiva il cuore.

«Allora ciao Beppuzzo».

«Daviduzzo, aspè, ti voglio raccontare un'ultima cosa, sempre a proposito dei cerchi che si chiudono».

E lo ascoltai trattenendomi tutto dentro, mentre i brividi mi risalivano la schiena e il piede destro batteva a ritmo sulla sabbia di Cala Pisana.

L'indomani, io e papà uscimmo dal b&b prestissimo.

«Paola, mi confermi l'appuntamento più tardi?».

Doveva essersi svegliata abbastanza prima dell'alba. Probabilmente, non aveva dormito affatto. Mi rispose con un cenno del capo, che poteva significare tutto e niente. Fumava e guardava il mare, come chi ha perduto un amico caro e, non trovando una via d'uscita nel giorno della ricorrenza, si concede anima e corpo al tormento della memoria, aspettando che sia il calendario a rimettere distanza tra sé e il lutto.

La giornata era calda, c'erano quasi trenta gradi.

«Magari dopo ci facciamo un bagno», aveva detto mio padre.

«Magari», avevo risposto.

Erano molte le commemorazioni del 3 ottobre, tutte slegate tra di loro. Ogni associazione – ma si potrebbe dire ogni privato – celebrava la propria, in una potente parcellizzazione della memoria, specchio della frantumazione che si respira nell'isola. Una marcia era organizzata da una associazione, una celebrazione interreligiosa in chiesa da un'altra associazione, la parata del Governo e delle autorità europee dagli apparati militari. L'isola pullulava di telecamere e giornalisti, pronti a ripartire l'indomani, quando la stagione estiva ufficialmente si sarebbe conclusa e Lampedusa sarebbe tornata a svuotarsi, fino all'estate successiva. Papà trascorse mezz'ora buona a fotografare i cani che dormivano sotto le panchine per ripararsi dal primo, caldo sole mattutino. Li carezzava sul dorso. Erano passati undici mesi ma lui era tornato, come promesso.

Notammo tanti pescherecci rientrare in porto.

«Che succirìu?», chiedemmo sulla banchina.

«Innìeru alla Tabaccara a ricordare».

Erano una piccola flotta. Avevano optato per una celebrazione intima, lontana da ogni clamore mediatico. Dopo avere ormeggiato, molti pescatori si fecero il segno della croce, si baciarono l'indice destro, indirizzarono il bacio con un rapido sguardo verso Cala Tabaccara e si salutarono.

Per le strade del paese, tornati appositamente per la commemorazione, camminavano alcuni superstiti. Spaesati dalla presenza di tutte quelle telecamere, si muovevano in gruppo, fianco a fianco, come una falange. «Poveri cristi», fu il pensiero di un anziano nel constatare quanto stavano compatti. «Tutto quello che chiedono è una tomba da potere piangere, una lapide davanti alla quale pregare i parenti e gli amici che gli sono morti davanti agli occhi. Ancora oggi non ci sono tombe che portino quei nomi. Non chiedono altro. E noi invece cosa gli diamo in cambio? Nessuna risposta e le telecamere dei TG dell'ora di pranzo puntate davanti ai loro volti».

Passammo dalla Caserma della Guardia Costiera. Fu una visita decisamente breve, manco il tempo di prendere un caffè assieme al Comandante.

«Lei che lavoro fa?», chiese il Comandante a mio padre, mentre si stringevano la mano.

«Cardiologo, adesso in pensione».

«Conosce quindi le situazioni di emergenza».

«Vi capisco benissimo».

Vidi brillare una scintilla negli occhi di entrambi, una sorta di tacito patto per cui non avrebbero aggiunto altro in presenza di chi, come me, non apparteneva a quella particolare confraternita che quotidianamente tocca con mano la morte.

Subito dopo, il telefono del Comandante prese a squillare.

«Mi scusate un attimo?».

La chiamata proveniva da una motovedetta in missione. Erano state recuperate da un paio d'ore più di cinquecento persone e, mentre le stavano portando a una nave della Marina per il trasbordo, era stato intercettato un gommone con centocinquantaquattro ragazzi a bordo.

«In che condizioni sono? Pessime? Allora, vediamo».

Il Comandante non tradiva nervosismo alcuno. Doveva essere il suo modo di non trasmettere ansia.

«Voi come state? Tutti quanti bene? D'accordo, procedete al recupero, ci sentiamo a operazione ultimata».

Ci guardò tenendo il telefono tra spalla e collo, aprendo un po' le braccia come per scusarsi. Ci salutammo con un rapido cenno del capo.

«Non finisce mai», sbottò papà, scendendo gli scalini della Caserma. E lo disse da medico, come se avesse nuovamente indossato il camice e il mondo fosse il paziente da curare. Si fermò a guardare il mare. Rimase lì, a confrontarsi con la vastità di quella distesa di acqua salata. Fossimo stati in macchina, avrebbe probabilmente espresso ad alta voce il turbinio di pensieri che lo attraversavano.

Sembrava saldo sui piedi, ma era pura apparenza.

«Ti porto in un posto, papà, speriamo sia aperto».

Mi seguì senza fare domande, sforzandosi di mantenere il mio passo.

D'estate, quando ero piccolo, io, papà e il mio fratellino andavamo alla Natura. La Natura era un sentiero boschivo che cominciava vicino alla casetta dei miei nonni materni a San Martino delle Scale e arrivava su, fino alla piazza del paese. Nella Natura, in alto dominava il contorto intreccio dei rami degli alberi, a terra c'era un tappeto di foglie che maceravano e accanto, come compagno di viaggio, scorreva un piccolo rivo. Il tragitto era riempito dal suono felice dell'acqua che scorre. La luce filtrava tra i rami creando un drammatico effetto chiaroscurale. Io avanzavo rimbalzando da una zona illuminata all'altra, come se fosse l'unica strada da percorrere per non smarrirsi nel bosco. Quando correvo troppo veloce, mi giravo di colpo. Papà stava lì, mano nella mano con il mio fratellino, gli occhi puntati su di me. Arrivati in piazza, papà comprava il giornale e lo leggeva seduto al bar sorseggiando un caffè, mio fratello mangiava il Cono Palla e io giocavo ai videogiochi, a *Frog*. Rientravamo a casa percorrendo la strada al contrario. In una delle prime gite nella Natura, papà aveva trovato un bastone alto quanto lui. Il bastone del comando, lo chiamava. Lo portava sempre con sé, ci si appoggiava durante le soste e dettava così al mondo il tempo del cammino. Per me comandare significava essere in grado di compiere quei gesti: guidare lungo un sentiero, vegliare su chi marcia, dettare il tempo dell'avanzata e della sosta. Volevo crescere solo per ereditare quel bastone. Volevo diventare grande per avere la forza di tenerlo con una mano sola, proprio come lui. Mio padre allora mi sembrava un uomo fatto e finito, e invece era soltanto un ragazzo.

Scendemmo le scale di un vicolo molto stretto, dove i tredicenni lampedusani si stringevano le mani promettendosi amore eterno.

«Stiamo andando a *Porto M.*, un tentativo di testimonianza di ciò che sta accadendo. I ragazzi del collettivo Askavusa di Lampedusa negli anni hanno recuperato alcuni oggetti rimasti dentro le imbarcazioni approdate sull'isola. Le prime arrivarono qui negli anni Novanta. Siccome non si sapeva che farne, vennero tutte quante ammassate nello spiazzo davanti al Porto Nuovo, una sull'altra. In breve lo spiazzo divenne un vero e proprio cimitero dei barconi. Quando fu strapieno, le portarono via. Oggi, nello spiazzo ne restano solo quattro. Eccole lì, le vedi? Sembrano una dimenticanza, più che il risultato di un lavoro di pulizia rimasto incompleto».

Gli raccontai di Franco, il falegname dell'isola, che nel 2009 fu testimone di una tragedia invisibile.

«Era approdato un barcone, recuperato in alto mare dalla Guardia Costiera. Quando le persone scesero, tutti furono sorpresi dal fatto che chiunque fosse sbarcato rimanesse lì, sul molo Favaloro, a fissare l'orizzonte. Aspettavano un barcone gemello. Erano salpati in due. C'erano i fratelli e le sorelle sull'altro barcone, i figli e i genitori, gli amici e i compagni di prigionia. Quel secondo barcone non approdò mai. Dovevano esserci a bordo più di 400 persone. Accadde due giorni dopo il terremoto dell'Aquila. Se ne parlò pochissimo. In assenza di cadavere, la notizia non esiste. Eppure per chi si trovava presente sul molo, fu un colpo durissimo. Franco ne fu turbato come mai prima gli accadde nella vita. Camminando, notò tra i resti di un barcone due legni poggiati uno sull'altro. Sembravano un crocifisso. Lui è credente e la croce è il simbolo in cui si riconosce. Decise così di costruire delle croci con il legno dei barconi giunti a Lampedusa per darle al maggior numero di persone possibile. Era il suo modo di sensibilizzare».

Papà osservava lo spiazzo dove esistette per anni il cimitero dei barconi.

«Chissà cosa devono avere visto quelle assi di legno», mormorò. La sua voce era flebile, un sospiro sfuggito via al flusso dei pensieri.

«Una delle croci di Franco è stata acquisita dal British Museum. I segni che riguardano Lampedusa si sono moltiplicati e si sono diffusi ovunque. Dopo quella tragedia fantasma, Franco assieme ad alcuni amici aveva rimesso a nuovo un magazzino, montandoci una doccia, per praticare una sorta di opera di carità ammucciùni ammucciùni. Ci portavano i ragazzi usciti dal buco nella rete del Centro per permettergli di lavarsi, per dare loro indumenti puliti, calze, magliette, mutande, maglioni. A poco a poco, anche alcuni tra coloro che inveivano contro 'sti ragazzi cominciarono a lasciare davanti al magazzino buste con shampoo, saponi, scarpe, pantaloni. Vedevano camminare per strada persone denutrite, scalze, ridotte a cenci, allora provavano ad aiutarle nei bisogni primari».

Eravamo giunti a *Porto M*.

«È aperto, entriamo».

Gli oggetti esposti alle pareti, poggiati nelle mensole, si imposero subito sopra ogni altro pensiero.

«Pare un museo», sussurrò papà. Osservava gli oggetti e immediatamente doveva metterli in prospettiva, perché raccontavano senza filtri una parte cruciale della vita di chi aveva affrontato il viaggio. Il modo in cui si parte. Cosa ci si porta appresso. Cosa si ritiene indispensabile. Cosa si elegge a compagno di avventura.

Cominciò a fotografare. L'obiettivo della macchina fotografica come una estensione dello sguardo diagnostico. Mio padre si muoveva da medico.

Questi gli oggetti ritrovati nei barconi: scarpe da tennis, ciabatte, borracce, bottiglie di plastica, sacche di tela, tazze di ceramica, barattoli di vetro, bicchieri, una bottiglia di latte di mandorla, un cartone di latte, pacchi di zucchero, confezioni di succhi di frutta in cartone, contenitori di plastica per cibi, lattine di bibite gassate, confezioni monouso di marmellata, pacchetti di sigarette, buste di tabacco, accendini, cartine, medicinali, pasticche, supposte, pomate, compresse, spray, flaconi, spazzolini da denti, dentifrici, pettini, borse da toilette, fermacapelli, creme, rossetti, lucidalabbra, rasoi, pomate contro le punture di insetti, borselli, barattoli di spezie piccanti, bottiglie di olio d'oliva, barattoli di pomodoro, una confezione di ketch-up, bottiglie di latte, una Coca-Cola in lattina, una lattina di bitter soda, una latta di tonno in scatola, una confezione di salviette umidificate, pacchi di pasta lunga, succhi di mela, bustine di thè, barattoli con conserve, pentole, coperchi, piatti di vetro, scolapasta, padelle, teiere, caffettiere, fornelletti da campeggio, pinze, coltelli, lucchetti, cacciaviti, chiavi, cesoie, cellulari, vestiti da donna neri, vestiti da donna a tinta unita blu, vestiti da donna a fiori, jeans, scialli, un pareo, magliette, portafogli, anelli, musicassette, cd musicali, la Bibbia, il Corano, libri di preghiera, attrezzi da pesca rudimentali.

Io camminavo e lui mi seguiva a una decina di metri di distanza. Quando non lo vedevo più, mi fermavo. Sapevo che stava studiando qualcosa attraverso l'obiettivo. Un profilo, un muro sberciato, un lucchetto chiuso da anni. Il sole era alto. Erano le dieci del mattino, c'era caldo e il mare era una favola. Papà doveva avere raggiunto un numero di scatti soddisfacente, infatti aveva affrettato il passo e, raggiungendomi, mi aveva chiesto: «Dove stiamo andando?».

«Al cimitero».

Si trova a Cala Pisana, sul dorso più alto dell'insenatura.

Eravamo tornati al punto di partenza.

Davanti al cancello d'ingresso, c'era Paola.

Meno di duecento metri in linea d'aria separano il cimitero da casa sua.

«Sai che è stata lei a occuparsi di redigere le iscrizioni sulle tombe di chi è morto in mare?».

«Davvero?».

Paola nicchiava, ma la dimensione dello stupore di mio padre doveva essere stata tale da scardinare la consegna del suo sciopero, inducendola a rispondere.

«Prima non c'era scritto niente, c'erano soltanto le date incise nel cemento. Con una associazione di cui allora facevo parte, mandammo una lettera al vecchio sindaco, dicendogli che intendevamo aggiustare le tombe, lasciando scritta una memoria sulle lapidi. Il sindaco, per una mano, ci diffidò dal farlo, poi però lo fece lui in prima persona. Vennero apposti cartelli che recitavano: "immigrato non identificato, di sesso maschile, etnia africana, colore nero"».

«Davvero c'era scritto questo sulle tombe?».

Paola si addumò una sigaretta.

«Sì, erano questi i cartelli esposti, infatti scoppiò un sacrosanto bordello. Il sindaco si difese dicendo che aveva copiato quanto riportato sulle schede cadaveriche. Fu il nuovo sindaco a dare a me personalmente l'incarico di sostituire le vecchie iscrizioni con altre più decenti. Passai giorni e giorni davanti al foglio bianco, sfido chiunque a capire cosa scrivere su delle persone morte che non si sono mai conosciute. Riflettendo avevo però capito che gli unici dati che io potevo riportare riguardavano le circostanze del ritrovamento dei corpi e della loro morte. La prima fu Ester Ada, una ragazza deceduta durante il soccorso in mare, le circostanze esatte della morte non furono mai chiarite. Furono salvati più di un centinaio di ragazzi dal *Pinar*, un mercantile turco. Il nostro Governo di allora però si rifiutò di dare al mercantile l'autorizzazione di sconfinare nelle nostre acque, così la *Pinar* rimase cinque giorni al largo con il corpo di Ester a bordo. Dopo cinque giorni, il permesso fu accordato e il mercantile attraccò a Lampedusa, sbarcando i ragazzi e il corpo di Ester».

Paola si era incamminata verso il cimitero.

«Fu celebrato un rito religioso che vide una grande partecipazione dei residenti, soprattutto delle donne lampedusane».

I suoi passi s'erano fatti più rapidi. Imboccammo un vialetto laterale e dopo pochi metri i piedi di Paola si fermarono.

«E qui c'è Ester».

L'iscrizione recitava: «Il 16 aprile del 2009 il mercantile turco *Pinar* diretto in Tunisia soccorre un'imbarcazione in difficoltà. Malgrado le condizioni proibitive del mare, l'equipaggio della nave riesce a trarre in salvo conducendoli a bordo 155 migranti, tutti di origine subsahariana. A bordo del mercantile viene trasferito anche il corpo senza vita di Ester Ada, 18 anni, nigeriana. Per quattro interminabili giorni la *Pinar* rimane a 25 miglia a sud di Lampedusa bloccata da un assurdo braccio di ferro tra governo maltese e governo italiano che si rifiutano di accogliere il mercantile. Soltanto il 20 aprile viene autorizzato l'ingresso della nave nelle acque territoriali italiane. I migranti vengono finalmente accolti a Lampedusa».

Non c'era vento in quella mattina, eppure Paola tremava. Tirò su col naso, poi parlò senza guardarmi. Era come se le forze rimaste fossero state concentrate nel pronunciare quella frase.

«Parlate con lui».

E indicò un signore anziano con un innaffiatoio in mano che stava dirigendosi verso una tomba. Poi si incamminò verso l'uscita, per fermarsi dopo neanche una dozzina di passi.

«Ci siete a pranzo?».

Persa la rotta, aveva bisogno di uno scopo.

«Sì, certo».

Ancora non si muoveva.

Le dissi: «Perché non prepari una bella pasta con pesce spada e melanzane fritte? Ti viene buonissima».

Con la testa Paola aveva iniziato ad annuire.

«Mettici pure la mentuccia bella fresca».

Paola sollevò la mano destra, come a dire «Sì, giusto», annuì ancora, riprese a camminare verso casa, zoppicando a ogni passo.

Le iscrizioni sulle tombe non erano definitive. Non potevano esserlo. Riportavano ciò che era noto: il sesso di chi è sepolto. Poi era un susseguirsi di indeterminazione.

«Probabile origine subsahariana».

«Di età compresa tra i 20 e i 30 anni».

«Di età compresa tra i 30 e i 40 anni».

A seguire, la data del recupero del corpo, che sovente non coincide con la data effettiva della morte.

Il nome, il paese di provenienza, l'età restano sconosciuti.

Il signore che ci aveva indicato Paola ci stava aspettando. Si erano sentiti per telefono. Si chiamava Vincenzo e dal 1978 al 2007 era stato contemporaneamente il custode, l'addetto al recupero dei morti, l'operatore alla camera mortuaria, il saldatore delle bare, lo spalatore della terra, l'inserviente, il muratore e il giardiniere del cimitero di Lampedusa.

Ci parlò della prima barca giunta dal mare di cui lui si occupò direttamente.

«Erano tutti morti. La corrente l'aveva spinta vicino al porto. Era il '96».

Le autorità militari lo chiamarono perché il puzzo dei corpi in decomposizione era talmente forte che nessuno era riuscito ad avvicinarsi al barcone. Vincenzo, per recuperare quei cadaveri, ebbe bisogno di fare un salto a casa. Lì prese la piantina di menta che teneva in balcone e, tenendola sottobraccio, ritornò al porto. Staccò alcune foglie di menta, le arrotolò e le inserì nelle narici. Non bastava. Il puzzo era ancora troppo forte. Allora riempì con la menta la mascherina appena comprata in farmacia. Soltanto allora riuscì ad avvicinarsi ai cadaveri. Erano dodici. Vincenzo li portò nella camera mortuaria del cimitero, dove li pulì uno per volta.

«Negli anni tumulai più di ottanta persone morte durante le traversate del Mediterraneo».

Il cimitero era stato davvero costruito dalle sue mani. Vincenzo aveva piantato gli alberi, alzato i muretti, creato i viali, trovato lo spazio per seppellire chi era giunto dal mare. Continuava a tornare al cimitero ogni giorno, a piedi, salute permettendo. Spazzava via le foglie, ripuliva i viali, portava i fiori, abbeverava le piante. Da quando era in pensione, nessuno ricopriva più quella mansione. L'acqua che stava portando con l'innaffiatoio serviva a questo, a prolungare il culto dei morti anche nei confronti di chi non si era conosciuto.

Quei primi dodici cadaveri furono sepolti in uno spazio che Vincenzo aveva creato al centro del cimitero. Erano undici uomini e una donna. Gli uomini furono disposti lungo una fila orizzontale, uno accanto all'altro. Venne poi il turno di seppellire la ragazza. Il lembo di terra disponibile era soltanto quello, allora Vincenzo, per dare alla ragazza l'intimità che meritava, piantò un oleandro e la seppellì dietro l'arbusto, perché le foglie e l'ombra la proteggessero da tutto, dal sole e dall'inverno, dal maestrale e dagli sguardi cattivi. Per ogni tomba, costruì una croce di legno. Negli anni a venire, montò una polemica perché qualcuno disse che alcuni morti erano mussulmani e la croce non era un simbolo adatto a loro.

«Per me nessun essere umano è diverso dagli altri, qua le persone le trattiamo così, li seppelliamo nella terra sotto l'ombra della croce, perché siamo tutti quanti uguali. Possiamo essere neri, verdi o rossi, ma dentro abbiamo tutte le ossa bianche».

Vincenzo aveva ripreso a camminare, un piccolo passo dopo l'altro. Arrivato davanti a una fila di croci, innaffiò le piante, tolse le foglie, spazzò il marmo, cambiò i fiori. Quando ebbe terminato, si incamminò verso l'uscita, si girò un'ultima volta e ci salutò con la mano.

* * *

Avevo quattro anni. Eravamo a Marina di Tusa. Nella spiaggia non c'era sabbia, solo ciottoli, così per entrare in mare si camminava con le braccia aperte per mantenere l'equilibrio, poi, non appena i piedi toccavano l'acqua, ci si tuffava, perché il mare sprofondava all'improvviso. Papà mi aveva preso con sé e poi, mettendomi le mani sotto le ascelle, mi aveva fissato con serietà.

«Pronto?».

Non avevo idea a cosa si riferisse.

«Sì», risposi. Era sempre la risposta giusta per conquistarlo, quando proponeva qualcosa.

«Andiamo a vedere un film di sparare?».

«Andiamo alla Natura?».
«Mi accompagni alla stazione a prendere zio Beppe?».
Sì, papà.
Qualunque cosa mi chiederai.
Il mare gli arrivava al petto. La collanina d'oro con Gesù Cristo in croce sembrava un pesce che gli girava attorno al collo. Io non toccavo e sentivo calde le mani di papà sotto le ascelle. Lui allora mi sorrise.
«Allora, sei pronto?».
«Sì».
E mi lanciò via, al largo, dove il mare era blu scuro e neanche lui toccava più.
Iniziai a sbracciarmi furiosamente. Vidi però che papà era sereno. Oggi capisco che dentro doveva vivere un conflitto spaventoso, tra l'urgenza di venirmi a riprendere e l'attendere che me la cavassi da solo, con il rischio che andassi giù e bevessi assai. Però lui non si muoveva e continuava a guardarmi. Significava soltanto una cosa: mio padre si fidava di me. La furia divenne sempre meno caotica, e le braccia iniziarono ad alternare i colpi con le gambe. Era accaduto. Galleggiavo, proprio come lui. Sentii i brividi risalirmi la schiena e l'orgoglio esplodermi in petto. Sapevo nuotare. Mio padre aveva scommesso su di me e io non l'avevo deluso.
Passai il resto dell'estate a mollo. Imparai lo stile libero e a immergermi in apnea.

Nella mia prima infanzia era più facile parlare con mio padre.
«Come si muovono i piedi?».
«Così».
«E se sono stanco?».
«Fai il morto che galleggia e respiri».

«E se c'è corrente?».

«Non ci entri neanche in acqua».

«E se passa un polpo?».

«Stai fermo e lo osservi, e quando viene vicino, lo afferri con un gesto secco».

Scoprivamo la vita, io nominando le cose per la prima volta e lui provando a spiegarmele. «Perché il sole è caldo? Il mare pensa? Chi muore, sogna?».

Nuotavamo assieme, una bracciata dopo l'altra, l'aria si prende una volta a destra, una volta a sinistra, i piedi si muovono con ritmo costante, gli addominali stanno stretti, la pancia va ritratta in dentro. Io mi allineavo a lui e ne seguivo le traiettorie, lui era molto più veloce di me, però il solco tracciato era chiaro e mi sentivo felice nel nuotargli dietro, perché avevo una direzione da seguire mentre stavo imparando a usare il mare come una coperta calda, capace in futuro di scaldare il cuore durante l'inverno della vita.

* * *

Paola era a tavola. S'era addumàta una sigaretta mentre un'altra, dimenticata, si consumava sul posacenere.

Era divorata dai fantasmi.

Melo era un trionfo di irrequietezza. Seduto sul divano, controllava ossessivamente il monitor della telecamera di sicurezza puntata sul portone di casa mentre sfogliava un libro che dopo pochi secondi richiudeva, quindi si alzava, prendeva un altro libro, lanciava una occhiata al monitor, si risiedeva, sfogliava il libro per pochi secondi, lo chiudeva, guardava il monitor, si rialzava, passeggiava per la stanza. Passarono così quindici minuti buoni. Papà, seduto fuori in veranda, visionava le foto dallo schermo della macchina fotografica. All'improvviso, Melo scattò in piedi. Nel monitor della telecamera di sicurezza aveva intravisto un puntino che si incamminava verso casa. Attraversò scalzo il patio e andò ad aprire il portone.

«Paola, Simone c'è!».

Il nome dell'amico sembrò ridestarla da quel torpore.

«Che ci fai qua?».

Erano le undici e mezza e c'erano trentadue gradi.

«Melo mi ha invitato a pranzo, poi volevo salutare Davide e so pà».

Paola abbozzò una risposta, gesticolò con le mani ma la voce rimase muta.

Simone si sedette a tavola.

Melo fingeva disinteresse ma era evidente che tutta l'attenzione era concentrata lì.

«A Pà», esordì Simone. Poi restò in silenzio. Soltanto quando Paola si voltò a guardarlo, Simone riprese a parlare.

«È successo. L'ho fatto».

«Quando?», chiese Paola, aggrottando la fronte, sporgendosi verso l'amico.

«Ora. Attraccavu manco dieci minuti fa. Neanche la doccia mi sono fatto».

Paola aprì il pacchetto di sigarette. Era arrivato il momento di riprendere a fumare consapevolmente.

«Raccontami», disse, di nuovo concentrata sul presente.

Melo si lasciò scappare un sorriso, poi si allungò, prese un libro e fece finta di leggerlo.

Simone raccontò che era stato contattato da un giornalista della TV.

«Vulìano fare un servizio sul 3 ottobre. A Pà, mi chiesero di accompagnare il loro sub per le riprese subacquee. E sai ùnne? Alla Tabaccara».

In situazioni estreme, l'uomo non è affatto come lo descrivono i libri.

«Non mi ci immergevo da allora».

Non si sa se la sua azione corrisponderà a una piccola apocalisse o a un atto di fondazione.

«Accussì risposi senza pensare. "Amunì, caliamoci", ci dissi. Mi ci sono immerso due ore fa, Pà».

Simone mi aveva descritto cosa gli piacesse così tanto del mare.

«Il silenzio. E la musica che tu senti dentro te stesso quando osservi il mondo sott'acqua».

Gli avevo chiesto cosa fosse la cosa più bella che aveva ammirato durante una immersione.

Si era illuminato, rispondendomi in un attimo.

«Lo squalo».

«Non avevi paura?».

«No, è bellissimo. Avevo la botta di adrenalina, ma è stupendo lo squalo dal vivo. Si muove con una lentezza solenne. È un imperatore. Spettacolo».

E tutto il corpo gli vibrava di gioia.

«A Pà, lo sai che io continuo a vedere i morti? Quando c'è il telegiornale e danno le notizie dei recuperi in mare, a me mi viene 'i chiàncere ogni singola volta. E se sono solo in casa, che magari mia moglie e le mie figlie sono uscite, ecco: mi scendono le lacrime sole sole. A me mi dovevano portare dallo psicologo, dovevano obbligarmi a parlare con qualcuno. I morti che ho visto nella stiva del barcone io ce li ho ancora tutti quanti dentro. Eppure oggi sono tornato a immergermi proprio là. Accussì, a timpulàta, senza pensare alle conseguenze. E la sai una cosa? Sul relitto adagiato sul fondo del mare, adesso ci sono i coralli, ci sono le alghe, ci sono i pesci che ci girano intorno. La prima volta c'erano solo i cadaveri, oggi invece il mare ha trasformato tutto. Ho visto un superamento della morte. Un ritorno della vita, ecco. Scusa, non so dirlo meglio, ma lo so che mi capisci, Pà. So che comprendi cosa intendo».

Paola tirò le ultime due boccate alla sigaretta e la spense insistendo nell'azione, ripetutamente. Il fumo, velocemente, si dissipò via.

Paola sorrise a Simone e lui ricambiò.

Di colpo, si alzò da tavola.

«Melo, amunì, apri la finestra che devo mettermi a friggere le melanzane per pranzo».

A Melo brillavano gli occhi.

«Ma non puoi aprirla tu?».

«No, tu».

«Perché io?».

«Tu la apri meglio».

E andò ai fornelli.

Melo, che era stato muto tutta la giornata, riprese a lamentarsi.

«Troppo caldo c'è, non ce la posso fare a restare alzato, che pasta cucini?».

«Spada e melanzane».

«Con la mentuccia?».

«Certo».

«Allora resisto con grande sforzo fino a pranzo e poi però mi corico».

Simone era uscito, comunicandoci che passava da casa a prendere il vino, a farsi una doccia e che sarebbe tornato per l'una, l'una e mezzo, le due massimo.

«Allora ciao, Beppuzzo».

In quella sera del 2 ottobre, zio Beppe aveva ancora qualcosa da dirmi.

Era stanco, ma non voleva mettere giù.

«Daviduzzo, aspè, ti voglio raccontare un'ultima cosa, sempre a proposito dei cerchi che si chiudono. Riguarda anche il tuo lavoro. Nel letto accanto al mio è ricoverato un ragazzo libico, minorenne, arrivato assieme al padre su un barcone. Sono approdati a Lampedusa. Questo ragazzo è affetto da una forma di leucemia molto grave. Il padre lo veglia. È una persona dignitosissima. Spesso prega accanto al figlio, sottovoce. Questo signore capisce l'italiano e abbiamo parlato un po'. "Forse Dio è uno solo con nomi diversi", gli ho detto. "Può pregare un po' per me?". E lui mi ha preso la mano nella sua e ha iniziato a pregare in arabo e i suoni che emetteva in quella litania erano davvero dolci, così diversi da quelli urlati che ascoltiamo in TV. Mi ha commosso. Poi ha poggiato la sua mano sulla mia fronte e ci ha soffiato, le dita gli si sono aperte e la preghiera era finita. Ho subito pensato ai cerchi che si chiudono, Daviduzzo, tu stai scrivendo su Lampedusa e anche su di me e io mi ritrovo qui con due persone approdate proprio a Lampedusa con i barconi. E, in cuor mio, ho anche ringraziato il nostro sistema sanitario, che offre a me, che ho lavorato in questa struttura per anni, e a questo ragazzo, che ha affrontato il mare, le stesse cure e le stesse attenzioni, come è giusto che sia, e così io e lui siamo vicini di letto, in questa stanza d'ospedale, a combattere assieme per qualcosa di bello come la vita stessa».

E poi ci salutammo e tutto in quel momento sembrava essere davvero il penultimo capitolo di una storia che si chiude.

A casa dei miei nonni, nella camera da letto di zio Beppe, c'era un caimano imbalsamato. L'aveva portato zio Rocco, quello che gli aveva regalato la pomelia, di ritorno da un periodo in cui se ne era andato a fare l'avventuriero in Centro America. Tornando in Sicilia, era sbarcato dalla nave con 'sto caimano imbalsamato sotto braccio, regalo per sua sorella, mia nonna. A lei non piaceva affatto, a zio Beppe sì, il nonno si astenne e fu dirimente il giudizio di mio padre, il cui ascendente su sua madre era enorme. Papà sostenne che lo trovava bellissimo, così quell'assurdo caimano impagliato entrò nella camera di Beppe e lì rimase, sopra l'armadio, come un guardiano benigno. Quando trascorrevo la notte dai nonni, dormivo sempre nella camera di zio, che non viveva più a Palermo da anni. Salutavo il caimano con un rispettoso cenno del capo, poi mi sedevo dietro l'ampia scrivania, che aveva il ripiano in vetro e due cassetti ai lati. In uno, c'erano le monete straniere dei tanti paesi che lo zio aveva visitato. In un altro, c'erano moltissimi scheletri di penne stilografiche. Osservavo le tracce della sua vita in quegli oggetti, fantasticandone la provenienza. L'armadio lo saccheggiai. C'erano le sue magliette. Mi vestivano benissimo. Negli anni le misi tutte. Era un modo per sentirlo vicino. Quelle magliette sapevano di America e Nord Europa e io mi sentivo bello quando le indossavo e meno intimidito dalle ragazze. Di fronte all'armadio, accanto al divano letto color verde militare, riposava nell'angolo una vecchissima chitarra classica con le corde di ferro. Zio, quando ero bambino, prima che le sue dita disimparassero i quattro accordi in croce che aveva appreso, mi suonava *Rock 'N' Roll Suicide*, sussurrandomela tutta quanta, perché si affruntàva a cantare a voce alta.

Quando era andato a studiare in America, si era recato a Coney Island.

«Mi sono pure fatto il bagno! Era maggio, c'era un freddo da morire».

Un tuffo nei luoghi dei suoi eroi.

«E il mare com'era?», chiedevo.

«E come doveva essere? Faceva schifo».

E rideva con quella sua bellissima risata da fanciullo che sa di avere compiuto un azzardo, in cui innocenza e malizia convivono in un nodo inestricabile e una tenace gioia di vivere continua a risplendere nel profondo degli occhi.

Io e papà uscimmo fuori in veranda.

L'aria era tutta invasa dal carnale profumo della melanzana fritta.

«Papà, Beppe è stato male».

«Lo so. L'ho chiamato stamattina».

Il mare era una tavola. Nessun vento ne increspava le acque. Era verde, era azzurro, era blu scuro.

«Che ti ha detto?».

«Ha avuto un problema di colecisti. Possono esserci dei calcoli nelle vie biliari che probabilmente si sono mossi. Non ci voleva».

Mio padre fissava l'orizzonte. Teneva le braccia conserte, per riflettere meglio, per scaricare le spalle dal peso della propria conoscenza medica.

«Ma io l'ho sentito ieri sera, mi ha detto che era solo febbre e che era in ripresa. Mi ha anche parlato del suo vicino di letto».

«Non voleva farti preoccupare».

Il suono dell'acqua che si frangeva sulla battigia di colpo mi apparve fortissimo.

«Cos'ha?».

«Fastidio, dolore, nausea. Ci sarà bisogno di un intervento di rimozione, probabilmente con una endoscopia. La cosa non sarebbe neanche grave in sé, il punto è che con le difese immunitarie bassissime che si ritrova, diretta conseguenza della cura, ogni inezia può trasformarsi in tragedia. Beppe mi ha detto: "Ma non poteva aspettare un anno la colecisti e farsi sentire non appena il tumore era superato?"».

Sentii lo stomaco chiudersi.

«Come sta?».

«È depresso. Stamane mi ha parlato nuovamente della pomelia, di quanta soddisfazione gli dia tutta questa fioritura tardiva. Ci si identifica. È un pensiero che in qualche modo lo aiuta ad arrivare al termine di ogni giorno: finché la pianta fiorisce, non mi può succedere niente».

In quella mattinata mi ero chiesto perché mio padre non avesse ancora fatto un ritratto fotografico a suo fratello.

L'avevo appena capito.

Nessuna foto può essere più precisa del sentimento che si prova per la persona amata. Erano più che fratelli. Erano il vocabolario in comune, scritto assieme fin dal principio della vita.

Il respiro mi si era fatto irregolare.

Tutto si sarebbe perduto o sarebbe stato accolto da qualcosa di più grande?

«Papà, zio sta morendo?».

Non volevo più ripetere l'errore che avevo commesso con Totò.

Dovevo parlare di ciò che mi faceva male.

Mio padre mi poggiò la mano sulla spalla.

Mi girai a fissarlo.

Nelle rughe più marcate, nel biancore dei capelli, nei

segni del tempo scolpiti sul viso potevo leggerci quarantadue anni di vita, la mia.

Fissandomi con i suoi occhi azzurri, papà aprì le braccia, con i palmi rivolti al cielo, sollevò le spalle e scosse piano la testa.

Non lo sapeva.

Non poteva saperlo.

A nessuno è dato conoscere il futuro.

Poi, con un cenno del capo, indicò davanti a noi.

C'era il mare di fronte.

Era di una bellezza commovente.

Aveva ragione.

Non c'era altro da fare.

Innaffiare la pomelia, ammirarne i germogli, goderne il profumo, stare nel presente provando a mantenersi dignitosi con ciò che sarebbe accaduto.

Allora deposi l'ansia e consegnai me stesso ai pensieri felici che mi facevano stare bene: l'estate in cui mio padre mi insegnò a nuotare, le gite con lo zio, l'abbraccio di Silvia, il profumo di mentuccia e melanzana fritta che si era impadronito dell'aria. E intanto il respiro mi si era calmato e io e papà ci eravamo levati le magliette, le scarpe e i pantaloni ed eravamo rimasti in costume e ci eravamo già tuffati e nuotavamo, benedetti dalla canicola di mezzogiorno, uno a fianco all'altro, verso la punta della cala, una bracciata dopo l'altra, le mani aperte ad accogliere, il giorno a scivolare via sulla pelle e l'orizzonte davanti, fermo, irraggiungibile e sconfinato.

Non erano calcoli nella colecisti.

Era il linfoma che spingeva dappertutto.

Il corpo di zio Beppe si stava rompendo dall'interno.

«È necessario un secondo ciclo di chemio».

La voce di papà al telefono era misurata.

«Purtroppo non ci voleva, non ci voleva proprio».

Era nei silenzi tra le parole che si annidava lo sconforto.

Trascorreva ormai più tempo a Reggio che a Palermo.

Lo zio era più facile trovarlo in ematologia che a casa.

Quando andai a visitarlo in ospedale, immediatamente mi colpì l'asciuttezza del viso. Smagrite le guance, gli zigomi sporgevano in fuori, proprio come a Totò. Era la morte che asciùca, prosciugando l'acqua della vita, scarnificando l'essere umano. Dentro, dovevano tremargli pure le ossa. Ma i suoi occhi. Ecco. Gli occhi di zio non erano mutati. Lo sguardo era il medesimo: ironico, pieno di stupore. Uno sguardo buono. Occhi bambini prestati a un corpo adulto che si stava sfaldando.

«Sta proprio male», dissi a Silvia, aggrappandomi a lei con un abbraccio.

Le condizioni peggioravano giorno dopo giorno.

La zattera imbarcava sempre più acqua.

Mio padre non mangiava il cibo, lo divorava. Tagliava la carne con forza eccessiva, coltello e forchetta sbattevano continuamente sul piatto, i bocconi che inghiottiva erano troppo grossi, masticava con foga, era come se volesse mordere l'intera tavola. Era seduto, ma le sue gambe continuavano a muoversi.

«Vado a nuotare», diceva a mia madre sull'uscio di casa. Ma non era vero. Non andava in piscina a nuotare. Papà andava a fare a pugni con l'acqua.

Tre giorni prima di Natale, si verificò una ulteriore complicanza: i medici avevano trovato del liquido nel peritoneo di Beppe.

«È grave, papà?».

«Sì».

Papà mi guardò proprio come dovevo averlo guardato io anni e anni prima, quando ci trovavamo nel cuore fitto della Natura.

«Ci andiamo da Beppe assieme?».

«Sì, papà, certo che ci andiamo».

«Domani?».

«Partiamo alle 6, guido io».

«Grazie».

«Non mi devi ringraziare, sono contento che andiamo assieme a trovare zio Beppe».

Durante il viaggio parlammo dei ritratti di Avedon, delle foto in Sicilia di Capa, dei cani nella neve di Koudelka. Tenemmo la morte fuori dall'abitacolo.

Sul traghetto salimmo sul ponte passeggeri.

«È sempre bella la traversata».

Il vento dello stretto mi scompigliava i capelli.

«Sì, è molto bella».

Per tutto il tempo, papà fissò la Sicilia che ci lasciavamo alle spalle.

Era l'anticipo di un distacco.

Nell'ultima visita che avevo fatto a Reggio, avevo portato allo zio una copia di questi miei appunti, stampati e rilegati. Si fermavano al 3 ottobre, con la nuotata mia e di papà a Cala Pisana.

«Ecco qui, Beppuzzo, mi sono sbrigato, l'ho scritto».

«Come si chiama?».

«*Appunti per un naufragio*».

«E quindi è vero che dentro ci sono anche io?».

«Sì».

«E anche mio fratello?».

«Sì».

«Posso leggerlo?».

«Te l'ho portato apposta».

Lo iniziò subito, nonostante fosse stanco perché la notte ormai non riusciva più a dormire. Ci impiegò due giorni. Anche girare le pagine gli costava fatica. Al termine, mi chiese: «Non ho capito una cosa. Ci sono tanti naufragi qua dentro. E io? Ce l'ho un approdo, io?».

Per tutto il tempo mi tenne la mano nella sua, accarezzandomela con le dita sottili. Io restai in silenzio, senza rispondere, guardandolo e basta. Non avevo ancora capito che la risposta era tutta lì, in quella carezza delle nostre mani.

In ospedale, incontrammo Silvana.

«Beppe è appena entrato in sala operatoria».

Il liquido trovato nel peritoneo era dovuto al linfoma.

C'erano linfonodi dappertutto.

Avevano iniziato a comprimere anche il rene.

«Gli stanno inserendo uno stent nell'uretere».

L'unica possibilità era cominciare un terzo ciclo di chemio.

«La chemio della disperazione», disse papà.

Pronunciare quelle parole doveva avergli fatto malissimo.

«Beppe è lucido, comunque. Sarà sua la decisione finale».

Zio aveva le caviglie gonfie, le gambe gonfie, il ventre gonfio, lo stomaco gonfio, il volto asciugato. Lo vidi in barella, appena uscito dalla sala operatoria. Lo stavano riportando in ematologia.

«Ci vediamo di pomeriggio», gli dissi.

Zio mi vide, capì le mie parole e mi sorrise.

Mi avrebbe aspettato.

Avremmo avuto ancora un momento tutto per noi.

Il primo ricordo di Beppe risale ai miei due anni. Mamma e papà mi avevano lasciato da solo con lui per due ore, nelle quali lo zio mi aveva portato in giro nel ventre di Palermo. I miei genitori fino a quel momento mi avevano nutrito con cibi selezionati e delicati. Zio Beppe mi fece mangiare pane e panelle. Due ore con lui azzerarono tutto il loro controllo sul cibo. Mamma e papà furono talmente interdetti dalla sua risposta – «Vabbè, ma mica può fargli male pane e panelle» – che decisero di prenderla come puro vangelo.

Da quel giorno, cominciai a mangiare di tutto. Ancora oggi ho uno stomaco di ferro. Sono fermamente convinto che sia dipeso da quel battesimo con il cibo da strada, in cui lo zio mi fece da padrino.

Alla fine, è semplice: per me zio Beppe è il sapore di pane e panelle.

Alle 16 il primo a entrare in reparto fu papà. Indossò il camice e i copriscarpe e andò da suo fratello. Beppe chiedeva continuamente di lui, soprattutto di notte, quando la febbre e il buio lo spingevano a cercare protezione. Stavano vicini i due fratelli, si osservavano e l'incastro del loro mondo si completava alla perfezione.

Quando papà uscì dal reparto, fu lui a legarmi il camice verde dietro la schiena.

«Ti sta aspettando, è lucido».

Si era come rasserenato dopo quell'ultimo incontro, e il sapere che io stavo andando da suo fratello mi sembrò, per lui, motivo di ulteriore serenità.

Quando mi avvicinai al letto, zio Beppe mi riconobbe subito.

«Daviduzzo».

La sua voce era un sussurro.

Mi prese la mano nella sua e fece qualcosa che, davvero, non mi aspettavo affatto.

Iniziò a singhiozzare.

«No, Beppuzzo, non piangere».

Si fermò subito. Le lacrime tremavano lungo i bordi e il respiro gli si era sospeso. Eppure, anche in quel momento, la sua straordinaria capacità di ascolto brillò ancora una volta, sospendendo lo sfogo, arginando la paura. Lo zio era sinceramente curioso di ascoltarmi.

E io, io avevo gli occhi calmi, calmo il respiro, calmo il battito del cuore nella gabbia del torace.

«Se eri da solo in un letto di ospedale, zio, senza nessuno che ti veniva a trovare, allora sì che era giusto piangere. Ma hai visto quanta gente è venuta a visitarti? Ho conosciuto qui, in sala d'attesa, venuti per te, tuoi colleghi e pazienti, i tuoi infermieri e i tuoi allievi. E tantissimi amici ci stanno chiedendo di te, a casa e al telefono. Queste sono relazioni vere, zio. I rapporti umani oltrepassano il tempo».

Beppe cominciò ad annuire.

«E poi ci siamo noi due, Beppuzzo. Tu e io. È bellissimo il nostro rapporto, dura da quando sono nato e durerà per tutta la mia esistenza. Perché la bilancia della nostra storia pende dalla parte del bene, non è vero, zio?».

Annuiva con i suoi grandi occhi che mi guardavano. Dentro di essi, vibrava un amore sconfinato. Non esistevano al mondo occhi così profondi da poterlo contenere.

«Tu per me non sarai mai una memoria, zio. Non sarai mai un ricordo. Il tempo accade nel presente. E nel mio presente il nostro rapporto esiste sempre. Tu sei sempre con me. Nella costellazione della mia esistenza, sei una delle stelle più luminose. E le stelle questo fanno: superano il tempo per indicarci la rotta».

Mi accarezzava il dorso della mano con il pollice, sfiorandomi il palmo con i polpastrelli.

Che mani gentili hai sempre avuto, zio.

«Daviduzzo, vorrei vivere qualche anno in più».

«Tutti lo vorremmo, tutti. Ma uno, due, dieci anni in più non sposterebbero di una virgola quello che abbiamo costruito assieme».

Zio accennò un sorriso.

«Allora non dobbiamo piangere», sussurrò.

«C'è troppa bellezza per piangere», gli risposi.

E lasciò che il suo sorriso fanciullo gli fiorisse in volto. Gli diedi un bacio in fronte e uscii.

«Come l'hai trovato?», mi chiese papà. Vibrava.

«Ci siamo parlati. Ci siamo pacificati con tutto».

Gli raccontai quel nostro dialogo e vedevo le sue tensioni allentarsi, le linee del viso distendersi, il respiro normalizzarsi. Il piede di papà si era fermato e il suo sguardo si era appoggiato su di me.

«È incredibile come si attraversino delle fasi», considerò. «Prima c'è lo stupore, "Non può succedere a me", poi subentra la negazione, "Si saranno sbagliati, non è un tumore", poi c'è la rabbia, poi la depressione, "Ma perché proprio a me?", poi una sorta di quiete e, in ultimo, quello che ho vissuto io là dentro, la fase in cui è Beppe a consolare noi che restiamo qui. Come se, in vicinanza della morte, si avvertisse qualcosa che in vita non si può proprio percepire e che rende chi sta per morire misericordioso nei confronti di chi rimane da questa parte della vita».

Papà si rimise il camice e rientrò in reparto da suo fratello.

Il suo passo adesso era diverso.

Non camminava più da medico.

Camminava da fratello maggiore.

La terza chemio non cominciò, si sarebbe trattato di accanimento terapeutico. Beppe fu dimesso e portato a casa. Vennero a trovarlo da tutta Italia colleghi e medici che aveva formato, amici e parenti. Mio zio chiedeva ogni singola volta di aiutarlo a sedersi sulla sedia, per ricevere così, da seduto, ogni visitatore.

Avevo un rammarico, quello di non avere nuotato con lo zio nel mare dell'isola.

Gli lessi questo appunto che mi ero annotato.

Lampedusa, da *lepas*, lo scoglio che scortica, eroso dalla furia degli elementi, che resiste e conferma una presenza, anche solitaria, nella smisurata vastità del mare aperto. Oppure, Lampedusa da *lampas*, la fiaccola che risplende nel buio, luce che sconfigge lo scuro.

«Che dici, lo aggiungo al romanzo, zio?».

«Sì, mettilo alla fine, è bello concludere con la luce e con la resistenza».

Morì nel suo letto a fine dicembre.

Aveva chiesto a tutti di non piangere.

«Solo adesso che è morto mi rendo conto di quanto fossero belle le mani di mio fratello», mi confessò papà.

La prima notte senza lo zio trascorse quieta.

Il sole non era ancora sorto quando uscii in balcone.

La Sicilia davanti era appena emersa dalla contemplazione della notte, come il giorno prima, come il giorno dopo, fino alla fine dei giorni.

Si percepiva l'alba.

Indugiava ancora, trattenuta dal mare.

Mi appoggiai alla balaustra e ne attesi i raggi sul corpo.

Questo volume è stato stampato
su carta Palatina
delle Cartiere di Fabriano
nel mese di maggio 2017

Stampa: Officine Grafiche soc. coop., Palermo

Legatura: LE.I.MA. s.r.l., Palermo

Il contesto

1 Buket Uzuner. Ada d'ambra
2 Roberto Bolaño. I detective selvaggi
3 Jaime Bayly. Non dirlo a nessuno
4 Alicia Giménez-Bartlett. Una stanza tutta per gli altri
5 Anna Kazumi Stahl. Fiori di un solo giorno
6 Alicia Giménez-Bartlett. Vita sentimentale di un camionista
7 Mercè Rodoreda. La morte e la primavera
8 Sergio Bianchi. La gamba del Felice
9 François Vallejo. Madame Angeloso
10 Pietro Grossi. Pugni
11 Jaime Bayly. L'uragano ha il tuo nome
12 Francesco Recami. L'errore di Platini
13 Alicia Giménez-Bartlett. Segreta Penelope
14 Roberto Bolaño-A. G. Porta. Consigli di un discepolo di Jim Morrison a un fanatico di Joyce
15 Francesco Recami. Il correttore di bozze
16 Marijane Meaker. Highsmith. Una storia d'amore degli anni Cinquanta
17 Nino Vetri. Le ultime ore dei miei occhiali
18 Pietro Grossi. L'acchito
19 Alicia Giménez-Bartlett. Giorni d'amore e inganno
20 François Vallejo. Il barone e il guardacaccia
21 Francesco Recami. Il superstizioso
22 Maria Attanasio, Giosuè Calaciura, Davide Camarrone, Santo Piazzese, Gaetano Savatteri, Lilia Zaouali. Il sogno e l'approdo. Racconti di stranieri in Sicilia
23 Andrea Camilleri, Ugo Cornia, Laura Pariani, Ermanno Rea, Francesco Recami, Fabio Stassi. Articolo 1. Racconti sul lavoro
24 Francesco Recami. Prenditi cura di me
25 Nino Vetri. Lume Lume

26 Jaime Bayly. La canaglia sentimentale
27 Alicia Giménez-Bartlett. Dove nessuno ti troverà
28 Tayeb Salih. La stagione della migrazione a Nord
29 Alicia Giménez-Bartlett. Exit
30 Sylvain Tesson. Nelle foreste siberiane
31 Martin Suter. Il talento del cuoco
32 Bi Feiyu. I maestri di tuina
33 Fabio Stassi. L'ultimo ballo di Charlot
34 Marco Balzano. Pronti a tutte le partenze
35 Clara Usón. La figlia
36 Furukawa Hideo. Belka
37 Tayeb Salih. Le nozze di al-Zain
38 Maria Attanasio. Il condominio di Via della Notte
39 Giosuè Calaciura. Bambini e altri animali
40 Sheila Heti. La persona ideale, come dovrebbe essere?
41 Alain Claude Sulzer. Il concerto
42 Ella Berthoud, Susan Elderkin. Curarsi con i libri. Rimedi letterari per ogni malanno
43 Kyung-sook Shin. Io ci sarò
44 John Jeremiah Sullivan. Americani
45 Xu Zechen. Correndo attraverso Pechino
46 Fabio Stassi. Come un respiro interrotto
47 Benjamin Alire Sáenz. Tutto inizia e finisce al Kentucky Club
48 Yasmina Khadra. Gli angeli muoiono delle nostre ferite
49 Mia Couto. La confessione della leonessa
50 Iván Repila. Il bambino che rubò il cavallo di Attila
51 Radhika Jha. Confessioni di una vittima dello shopping
52 Bi Feiyu. Le tre sorelle
53 Marco Balzano. L'ultimo arrivato
54 Pietro Leveratto. Con la musica. Note e storie per la vita quotidiana
55 Luisa Adorno, Maria Attanasio, Andrea Camilleri, Luciano Canfora, Francesco M. Cataluccio, Alicia Giménez-Bartlett, Ben Lerner, Marco Malvaldi, Andrea Molesini, Salvatore Silvano Nigro, Laura Pariani, Benjamin Alire Sáenz, Leonardo Sciascia, Fabio Stassi, Sylvain Tesson, Sergio Valzania, Piero Violante. Almanacco 2014-2015
56 Francesco Recami. Piccola enciclopedia delle ossessioni
57 Ben Lerner. Nel mondo a venire

58 Alejandro Zambra. I miei documenti
59 Yasmina Khadra. Cosa aspettano le scimmie a diventare uomini
60 Sylvain Tesson. Abbandonarsi a vivere
61 Mia Couto. L'altro lato del mondo
62 Yasmina Khadra. L'ultima notte del Rais
63 Theodore Zeldin. Ventotto domande per affrontare il futuro. Un nuovo modo per ricordare il passato e immaginare l'avvenire
64 Jung-myung Lee. La guardia, il poeta e l'investigatore
65 Martin Suter. Montecristo
66 Alicia Giménez-Bartlett. Uomini nudi
67 Maria Rosaria Valentini. Magnifica
68 Clara Usón. Valori
69 Gigi Riva. L'ultimo rigore di Faruk. Una storia di calcio e di guerra
70 Alain Claude Sulzer. Post scriptum
71 Jenny Erpenbeck. Voci del verbo andare
72 Sylvain Tesson. Beresina. In sidecar con Napoleone
73 Roberto Alajmo. Carne mia
74 Hanya Yanagihara. Una vita come tante
75 Christophe Boltanski. Il nascondiglio
76 Sergio del Molino. Nell'ora violetta
77 Giosuè Calaciura. Borgo Vecchio
78 Ben Lerner. Odiare la poesia